彼女の鋼の翼は
血のにおいがした。
血のぬくもりがあった。

001.「最終兵器彼女」（ビッグコミックスピリッツ・2000年48号・扉用イラストを修正）

SHIN TAKAHASHI

BIG SPIRITS COMICS SPECIAL

GSDF
BLOOD
KONISHI

LOVE SONG
2002
CONTENTS

The Art Gallery of Shin Takahashi

高橋しんアート・ギャラリー

高橋しんの紡ぎ出す、繊細でありながら力強いその筆致は、常に見る者を圧倒する。
ここでは、掲載時の原画に一部加筆修正を施し、
より高精細な画質で再掲載した。

002.「最終兵器彼女」（ビッグコミックスピリッツ・2000年11号・扉用イラスト）

朱色（あけ）に染まった空の下
ぼくたちは呼吸している。

ごめんなさい。

wine
お弁当
たばこ
ぼくと彼女の通う高校は、この長い坂の終わりにある。

003.「最終兵器彼女」（ビッグコミックスピリッツ・2000年2・3合併号・連載予告カット）

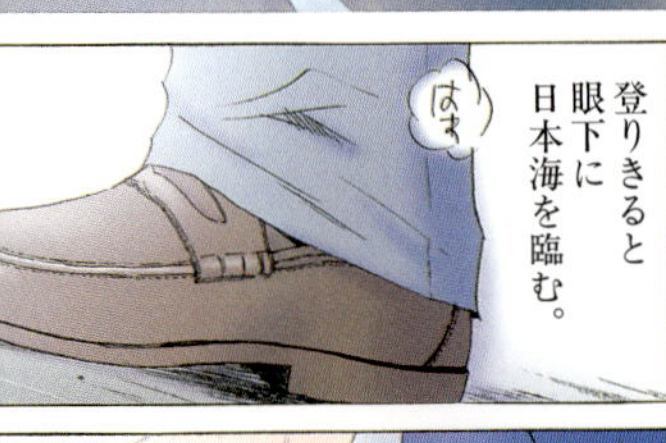

登りきると眼下に日本海を臨む。
はぁ
はぁ

004.「最終兵器彼女」（ビッグコミックスピリッツ・2000年4・5合併号・作中カット）

ぼくは
この景色が
ひそかに
好きだった。
あの——
なまら
のろくないか、
ちせ？
ごめんなさい……
…ごめん……
シュウ
ちゃん！
地獄坂
私、
シュウちゃんの…
彼女だから。
観光客も
ここまでは
めったに来ない
ちせが、
「つきあってください」と
告白してきたのは
5日前。
でも、ぼくは
いまだに
わからないでいる……

005.「最終兵器彼女」（ビッグコミックスピリッツ・2001年29号・扉用イラスト）

S H
最
THE
LAST

006.「最終兵器彼女」（月刊少年サンデーGX・2000年11月号・ピンナップ）

007.「最終兵器彼女」(ビッグコミックスピリッツ・2001年47号・扉用イラスト)

008.「最終兵器彼女」
（ビッグコミックスピリッツ・2000年11号・扉用イラスト）

009.「最終兵器彼女」
（ビッグコミックスピリッツ・2000年11号・扉用イラスト）

010.「最終兵器彼女」（ビッグコミックスピリッツ・2000年7号・扉用イラスト）

「あたし、最終兵器になっちゃったんだけど――」
「ごめんね、シュウちゃん。」

011.「最終兵器彼女」（ビッグコミックスピリッツ・2001年11号・扉用イラスト）

「最終兵器彼女」（ビッグコミックスピリッツ・2000年26号・扉用イラスト）

013.「最終兵器彼女」(ビッグコミックスピリッツ・2001年42号・扉用イラスト)

014.「最終兵器彼女」（ビッグコミックスピリッツ・2000年15号・扉用イラスト）

015.「最終兵器彼女」（ビッグコミックスピリッツ・2001年32年・扉用イラスト）

016.「最終兵器彼女」(月刊少年サンデーGX・2001年8月号・ピンナップポスター)

018.「最終兵器彼女」(ビッグコミックスピリッツ・2000年33号・扉用イラストに着彩)

017.「最終兵器彼女」(ビッグコミックスピリッツ・2000年15号・扉用イラスト)

019.「最終兵器彼女」（月刊少年サンデーGX・2000年12月号・ピンナップポスター）

020.「最終兵器彼女」（月刊少年サンデーGX・2000年11月号・ピンナップポスター）

021.「最終兵器彼女」（ビッグコミックスピリッツ・2001年27号・扉用イラスト）

022.「最終兵器彼女」(ビッグコミックスピリッツ・2001年16号・扉用イラスト)

023.「最終兵器彼女」(ビッグコミックスピリッツ・2000年35号・扉用イラスト)

024.「最終兵器彼女」（ビッグコミックスピリッツ・2001年7号・扉用イラスト）

025.「最終兵器彼女」「SHIN Presents! on the web」（コミックス2集発売記念ウェブ公開イラスト）

026.「最終兵器彼女」(ビッグコミックスピリッツ・2000年15号・作中カットに着彩)

028.「最終兵器彼女」(ビッグコミックスピリッツ・2001年13号・作中カット)

027.「最終兵器彼女」(ビッグコミックスピリッツ・2000年43号・作中カット)

030.「最終兵器彼女」(ビッグコミックスピリッツ・2000年40号・作中カット)

031.「最終兵器彼女」(ビッグコミックスピリッツ・2000年45号・作中カット)

029.「最終兵器彼女」(ビッグコミックスピリッツ・2000年18号・作中カット)

033.「最終兵器彼女」（ビッグコミックスピリッツ・2000年26号・作中カット）

032.「最終兵器彼女」（ビッグコミックスピリッツ・2000年23号・作中カットに着彩）

034.「最終兵器彼女」（ビッグコミックスピリッツ・2000年27号・扉用イラスト）

035.「最終兵器彼女」（ビッグコミックスピリッツ・2000年42号・作中カット）

036.「最終兵器彼女」（ビッグコミックスピリッツ・2000年19号・扉用イラスト）

037.「最終兵器彼女」（ビッグコミックスピリッツ・2001年45号・作中カット）

038.「最終兵器彼女」（ビッグコミックスピリッツ・2001年46号・扉用イラスト）

040.「最終兵器彼女」（ビッグコミックスピリッツ・2001年45号・扉用イラスト）

039.「最終兵器彼女」（ビッグコミックスピリッツ・2001年44号・扉用イラスト）

041.「最終兵器彼女」（LOVE SONG 2002用描き下ろし）

KIRIN

042.「最終兵器彼女」（ビッグコミックスピリッツ・2001年47号・扉用イラスト）

044.「最終兵器彼女」（ビッグコミックスピリッツ・2001年47号・作中カット）

043.「最終兵器彼女」（コミックス第1集・表紙）

045.「最終兵器彼女」（ビッグコミックスピリッツ・2001年48号）

器 彼 女

046.「最終兵器彼女」（ビッグコミックスピリッツ・2001年48号）

最終兵

THE LAST LOVE SONG ON THIS LITTLE PLANET.

Written and Directed by
SHIN Takahashi
Presented by
SHIN Presents!

SHIN Presents! are...: TAKESHI SAKAMOTO. MIO OKUDA. SATOKO SUGIMOTO.
YASUTOMO NISHIO. ASAKO ISHII. YUMIKO ISHIZUKA. KIYOMI TAKAHASHI.
Thanks!: AKEMI HARA. NAOKI MORIYA. RIE OKADA. NAOE KIKUCHI. MASAYUKI OHTA.
KUMIKO NAGASAKI. SHINICHI ASANO. AKIHIRO MITSUI. FUMIKO TOMOCHIKA.
ASAMI MAEDA. MIZUKI WATANABE. KENICHI MITUNAGA. REIKO ABE.
with SHIN TAKAHASHI.

EDITOR
TOKIE KOMURO. / YASUKI HORI.

BIG COMIC SPIRITS / SHOGAKUKAN

047.「最終兵器彼女」(ビッグコミックスピリッツ・2001年48号)

SHIN Presents!

わたしたちは散歩する

episode#4: The couple of love beginners.

高橋しん
SHIN TAKAHASHI
with takeshi sakamoto(SHIN Presents!)

ぼくたちは散歩する。

夕暮れの下校道を
イナカの街のなんにもない道を
ただ、だまって
ゆっくりと、歩く。

ただ、だまって。

ただ、だまって。

ただ、だまって。

『わたしたちは散歩する』は
「月刊まんがくらぶ（竹書房発行）」で
隔月連載中の高橋しん初の
4コマまんが（風）作品。
『最終兵器彼女』の主人公たちとおぼしき
キャラクターが登場する回もあり、
独自の世界を展開している。

049.「わたしたちは散歩する」（まんがくらぶ・2002年2月号）

SHIN Presents!

わたしたちは散歩する

episode#2: The housewife who goes Shopping.

高橋しん
SHIN TAKAHASHI

051.「わたしたちは散歩する」（まんがくらぶ・1999年8月号）

050.「わたしたちは散歩する」（まんがくらぶ・1999年10月号）

SHIN Presents!

わたしたちは散歩する

episode#3: The cat thrown away.

052.「わたしたちは散歩する」(まんがくらぶ・2000年3月号)

高橋しん
SHIN TAKAHASHI

SHIN Presents! わたしたちは散歩する

episode#6: The girl wants to be depressed.

高橋しん
SHIN TAKAHASHI
with さかもとたけし(SHIN Presents!)

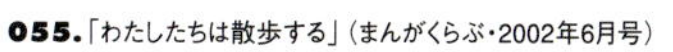

055.「わたしたちは散歩する」(まんがくらぶ・2002年6月号)

053.「わたしたちは散歩する」(まんがくらぶ・1999年8月号)

SHIN Presents! わたしたちは散歩する

episode#5: A carefree policeman.

高橋しん
SHIN TAKAHASHI
with さかもとたけし(SHIN Presents!)

054.「わたしたちは散歩する」(まんがくらぶ・2002年4月号)

SHIN Presents! わたしたちは散歩する

episode#1: The school girl who falls in LOVE.

056.「わたしたちは散歩する」(まんがくらぶ・1999年8月号)

057.「いいひと。」（コミックス第11集・表紙）

『いいひと。』は1993年18号から1998年50号まで、
「ビッグコミックスピリッツ」誌上に連載され、
フジテレビ系列でドラマ化もされた作品。
名実共に高橋しんの代表作のひとつであり、
高橋しんを世に知らしめた作品と言える。

058.「いいひと。」(ビッグコミックスピリッツ・1997年50号・作中カット)

059.「いいひと。」（ビッグコミックスピリッツ・1998年42号・作中カット）

060.「いいひと。」（ビッグコミックスピリッツ・1997年19号・作中カット）

061.「いいひと。」（ビッグコミックスピリッツ・1996年19号・扉用イラスト）

063.「いいひと。」（コミックス第17集・表紙）

062.「いいひと。」（コミックス第26集・表紙）

065.「いいひと。」（コミックス第25集・表紙）

064.「いいひと。」（ビッグコミックスピリッツ・1996年20号・扉用イラスト）

066.「いいひと。」（ビッグコミックスピリッツ・1998年36・37合併号・扉用イラスト）

067.「いいひと。」（ビッグコミックスピリッツ・1996年21・22合併号・扉用イラスト）

068.「いいひと。」(ビッグコミックスピリッツ・1998年42号・扉用イラスト)

069.「いいひと。」(連載100回記念タオル用イラスト)

070.「いいひと。」(コミックス第15集・裏表紙)

071.「いいひと。」（コミックス第14集・表紙）

072.「いいひと。」（ビッグコミックスピリッツ・1996年45号・扉用イラスト）

073.「いいひと。」（ビッグコミックスピリッツ・1996年30号・扉用イラスト）

074.「いいひと。」（ビッグコミックスピリッツ・1997年38号・扉用イラスト）

075.「いいひと。」(ビッグコミックスピリッツ・1998年26号・扉用イラスト)

076.「いいひと。」(ビッグコミックスピリッツ・1996年43号・作中カットに着彩)

078.「いいひと。」(ビッグコミックスピリッツ・1995年14号・扉用イラストに着彩)

077.「いいひと。」(ビッグコミックスピリッツ・1996年23号・作中カット)

079.「いいひと。」(コミックス第22集・表紙)

080.「いいひと。」（ビッグコミックスピリッツ・1997年1号・扉用イラスト）

082.「いいひと。」（コミックス第10集・表紙）

081.「いいひと。」（コミックス第23集・表紙）

083.「いいひと。」（コミックス第20集・表紙）

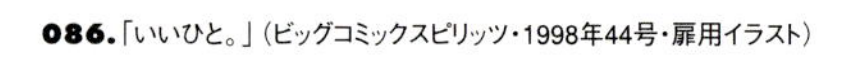

086.「いいひと。」（ビッグコミックスピリッツ・1998年44号・扉用イラスト）

084.「いいひと。」（ビッグコミックスピリッツ・1995年14号・扉用イラスト）

087.「いいひと。」（コミックス第19集・表紙）

085.「いいひと。」（ビッグコミックスピリッツ・1997年9号・作中カット）

088.「いいひと。」（ビッグコミックスピリッツ・1997年9号・扉用イラスト）

089.「いいひと。」（ビッグコミックスピリッツ・1997年9号・作中カット）

090.「いいひと。」(ビッグコミックスピリッツ・1993年21・22合併号・扉用イラスト)

091.「いいひと。」(コミックス24集中扉用イラスト)

092.「いいひと。」(ビッグコミックスピリッツ・1996年30号・作中カット)

093.「いいひと。」（ビッグコミックスピリッツ・1998年28号・扉用イラストに着彩）

095.「いいひと。」（ビッグコミックスピリッツ・1997年25号・扉用イラストに着彩）

096.「いいひと。」（ビッグコミックスピリッツ・1997年19号・作中カット）

094.「いいひと。」（ビッグコミックスピリッツ・1997年14号・扉用イラストに着彩）

097.「いいひと。」（ビッグコミックスピリッツ・1997年28号・扉用イラスト）

祝! 4th Anniversary!
がんばろう
ご迷惑をかけて
まことにすみません
INFOR

098.「さよなら、パパ。」（ビッグコミックスピリッツ・1999年1月14日増刊号・扉用イラスト）

099.「さよなら、パパ。14歳。〜旅立ち〜」（ビッグコミックスピリッツ・1999年9月17日増刊号・扉用イラスト）

100.「小雪ちゃんとあそぼう!」（ビッグコミックスピリッツ・1999年5月30日増刊号・扉用イラスト）

101. 1996年横浜国際女子駅伝マラソンポスター用イラスト

102.「ANCHOR」(ビッグコミックスピリッツ・1991年10月増刊号)

103.「好きになるひと」
(ビッグコミックスピリッツ・1993年12月増刊号・高橋しん初期作品集完全版「好きになるひと」で改稿)

104.「TWO HEARTS」
(ビッグコミックスピリッツ・1992年11月増刊号・高橋しん初期作品集完全版「好きになるひと」で改稿)

105.「好きになるひと」(コミックス・口絵)

106.「見合いでごはん」（ビッグコミックスピリッツ・2002年20号・扉用イラスト）

107.「抱きしめたい」（ビッグコミックスピリッツ・1994年11月増刊号）

108.「ランナーズ」PR用イラスト

110.「黒い翼」（週刊ヤングサンデー・1995年・12月14日号・扉用イラスト）

111.「抱きしめたい」（ビッグコミックスピリッツ・1994年11月増刊号）

109.「高橋しん Meets 玖保キリコ in スイス」（ビッグコミックスピリッツ・1996年52号）

112.「有森裕子物語」（週刊少年サンデー・1996年33号・扉用イラスト）

113.「有森裕子物語」（週刊少年サンデー・1996年33号）

115.「少女と子猫」（ビッグコミックスピリッツ・1996年5月臨時増刊号）

116.「いいひと。」（ビッグコミックスピリッツ・1998年1号・扉用イラスト）

114.「白ネコのこと」（メロディ・1999年11月号）

生まれたわたしたち———。

117.「世界の果てには君と二人で。あの光が消えるまでに願いを。せめて僕らが生き延びるために。この星で。」（月刊少年サンデーGX・2001年8月号・扉用イラスト）

118.世界の果てには君と二人で。あの光が消えるまでに願いを。せめて僕らが生き延びるために。この星で。」（月刊少年サンデーGX・2001年8月号・表紙用イラスト）

119.「MONTHLY GREETING GIRL」(月刊少年サンデーGX・2002年5月号・ピンナップ)

120.「MONTHLY GREETING GIRL」(月刊少年サンデーGX・2002年6月号・ピンナップ)

121.「SHIN Presents! on the web」（Thanks!! 400,000 アクセス!!・ウェブ公開イラスト）

THANKS!
FOR NEW
THE LAST LOVE SONG
and other
SHIN
TAKESHI SAKAMOTO.
YASUTOMO NISHIO. YUMIKO ISHIZUKA
AKEMI HARA. ASAKO ISHII. KIYOMI
MINA AMANAI. NAOKI MORIYA. TAKASHI IKEDA. YURI HATANO.
TAKASHI SHIBUYA. MIHOGI KUN. KUMIKO NAGASAKI. ASAMI MAEDA.
SHINJI INAMITSU. HIROSHI OZAKI. EIGO KITAMURA.
MIZUKI WATANABE. KENICHI MITSUNAGA.
with

122.「最終兵器彼女」(ビッグコミックスピリッツ・2000年16号扉用イラスト)

高橋しん アート・テクニック

The Art Technique of Shin Takahashi

最新最高の作画ノウハウと信頼できるスタッフ。高橋しんの作品クオリティはこれらに支えられている。ここではその効率化された作画風景の一部を紹介していく。

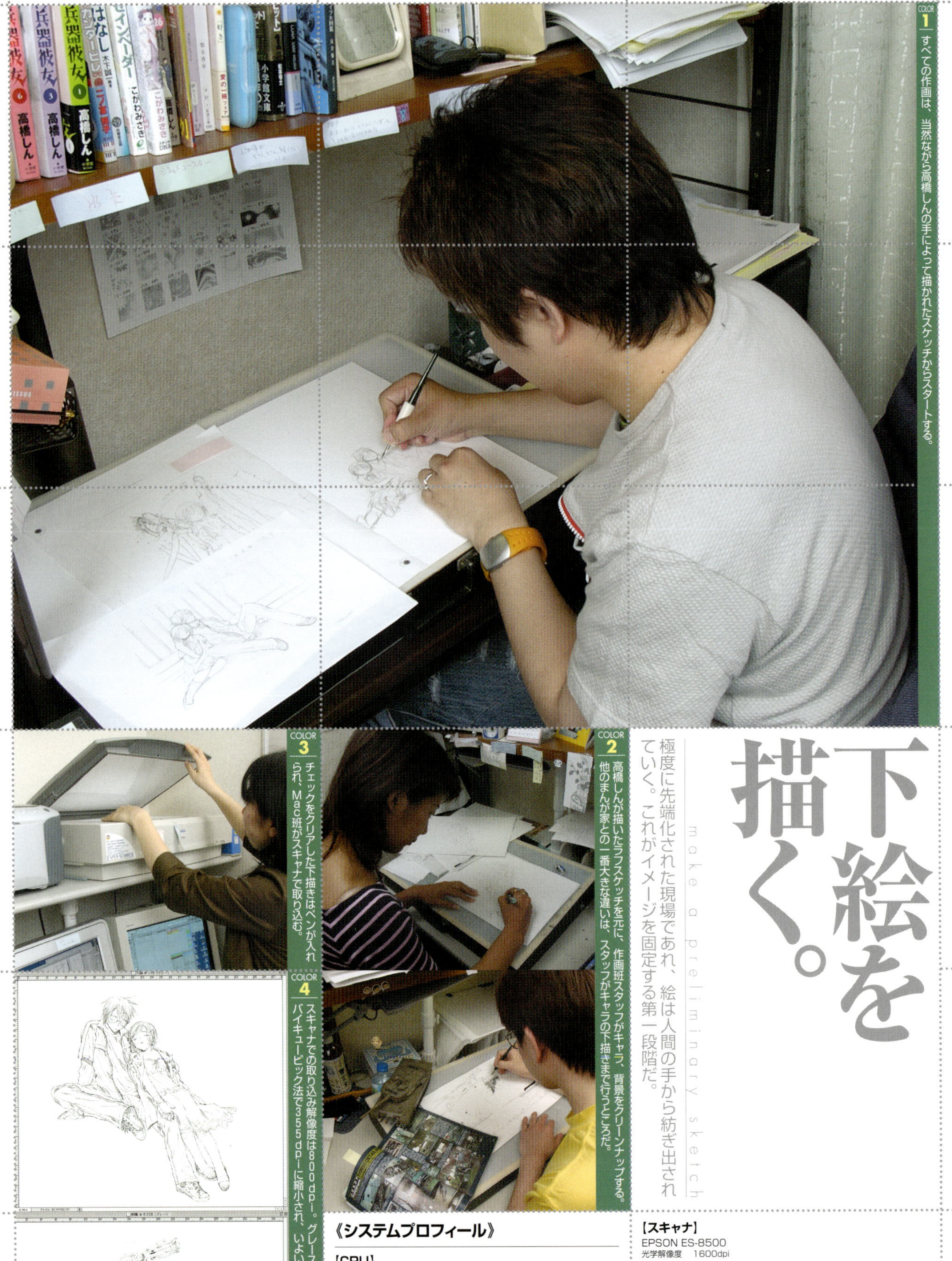

COLOR 1
すべての作画は、当然ながら高橋しんの手によって描かれたスケッチからスタートする。

下絵を描く。

make a preliminary sketch

極度に先端化された現場であれ、絵は人間の手から紡ぎ出されていく。これがイメージを固定する第一段階だ。

COLOR 2
高橋しんが描いたラフスケッチを元に、作画班スタッフがキャラ、背景をクリーンナップする。他のまんが家との一番大きな違いは、スタッフがキャラの下描きまで行うところだ。

COLOR 3
チェックをクリアした下描きはペンが入れられ、Mac班がスキャナで取り込む。

COLOR 4
スキャナでの取り込み解像度は800dpi。グレースケールで取り込まれた画像は、その後バイキュービック法で355dpiに縮小され、いよいよ着彩の開始である。

《システムプロフィール》

【CPU】
Power Macintosh G4 933MHz 1GB
Power Macintosh G4 466MHz 1.12GB
Power Macintosh G4 450MHz 832MB
Power Macintosh G4 400MHz 896MB

【OS】
MacOS 9.2.2

【ディスプレイモニタ】
Apple Cinema HD Display 1920×1200（メイン）
Apple Studio Display15" 1024×768（サブ）

【ソフトウェア】
adobe Photoshop 6.0J 7.0J
procreate Painter7

【スキャナ】
EPSON ES-8500
光学解像度 1600dpi

【カラープリンタ】
PM-4000PX
最大2880×1440dpi A3ノビ対応
インク 7色独立インクカートリッジ(フォトブラック・グレー・シアン・マゼンタ・イエロー・ライトシアン・ライトマゼンタ)

MC-2000（2台）
最大1440×720dpi A3ノビ対応
インク モノクロインクカートリッジ(クロ)+カラーインクカートリッジ(5色一体)

【モノクロプリンタ】
MICROLINE1055PS
1200dpi A3ノビ対応

MICROLINE905PSIII+F
1200dpi A3ノビ対応

人物を塗る。

ここでのすべての作業はPhotoshopで進められる。Mac班のスキルは高いが、彼女らにコミックアシスタントの経験はない。

COLOR 5
取り込まれた絵を「レベル補正」。紙の汚れを飛ばし、線のメリハリを強調する。

COLOR 6
手作業で取り込み時のゴミを取り除き、グレーのレイヤーで人物のマスクを作成する。

COLOR 7
マスクが完成したらいよいよ着彩だ。単一色でちせの髪をおおまかに塗っていく。

白で髪のハイライトを描き込み、「指先ツール」を使っていねいにぼかしていく。

別レイヤーに髪の色レイヤーをコピーし、「トーンカーブ」を使って明度を落とす。

頭頂部を明るく、下部を暗く、2枚のレイヤーをグラデーションさせて重ねる。

COLOR 8
服の部分を塗っていく。シュウジの服もちせの髪と同様に、グラデーションをかける。グラデーションツールで塗るのではなく、2枚のレイヤーを利用して表現している。

COLOR 9
別紙に描いておいたキャラクターの影とシュウジの服の模様を合成。服の模様は黒で描かれていたものを「色相・彩度」変更で黄色に変える。ちせのサンダルは素材集の木目を合成。

COLOR 10
影の部分を粗塗りして、この段階は完了。ここから戦車の作画作業に移行する。

Mac班が作業を行う部屋。4台のMacがフル稼働している。高橋事務所では、スタッフの半数以上が作画経験のないMacintoshオペレーターである。

戦車を塗る。

戦いの傷痕を残す戦車を表現するために、様々なテクスチャが合成される。Macならではの高度な技を垣間見られるだろう。

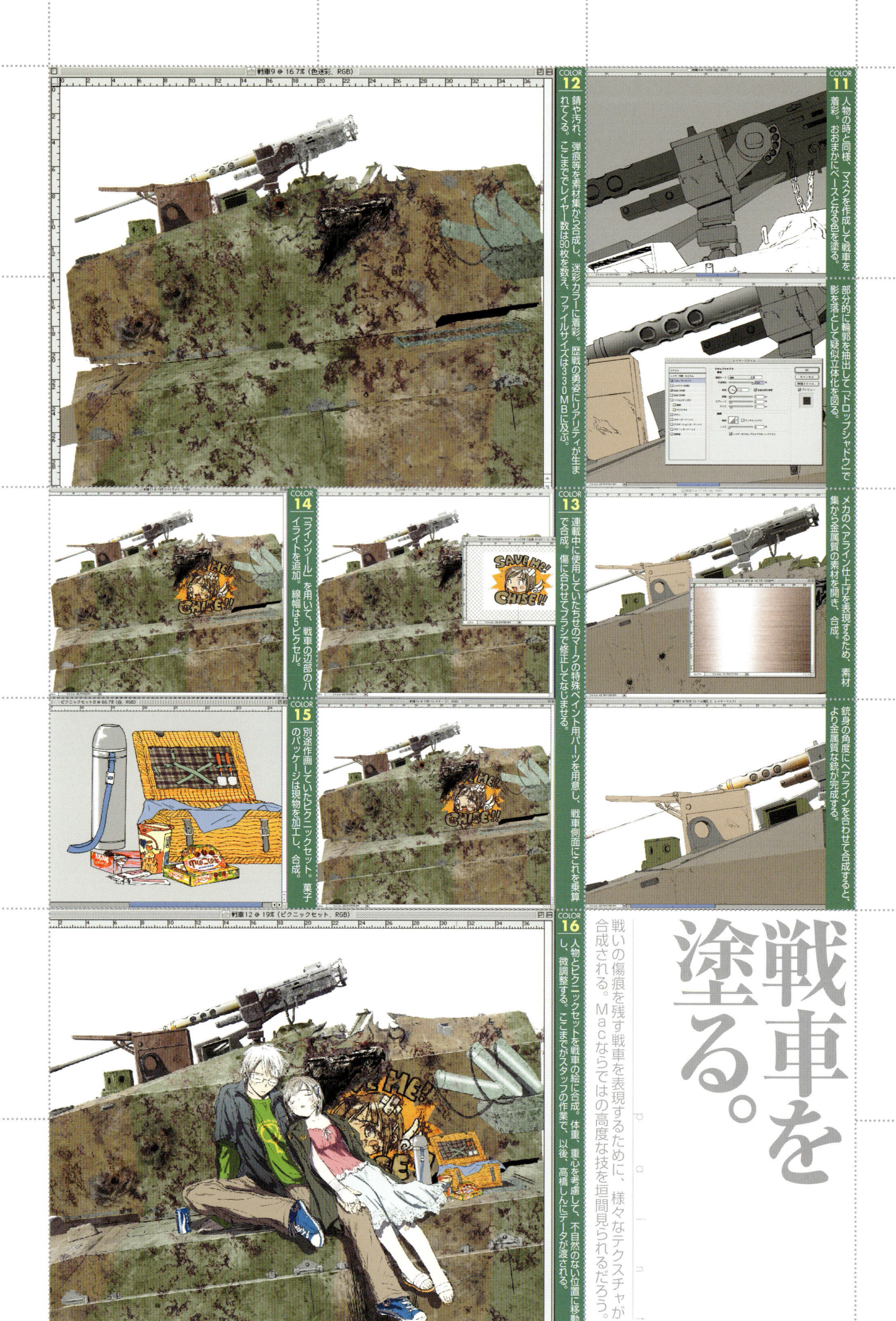

COLOR 11
人物の時と同様、マスクを作成して戦車を着彩。おおまかにベースとなる色を塗る。

部分的に輪郭を抽出して「ドロップシャドウ」で影を落として疑似立体化を図る。

メカのヘアライン仕上げを表現するため、素材集から金属質の素材を開き、合成。

銃身の角度にヘアラインを合わせて合成すると、より金属質な銃が完成する。

COLOR 12
錆や汚れ、弾痕等を素材集から合成し、迷彩カラーに着彩。歴戦の勇姿にリアリティが生まれてくる。ここまででレイヤー数は90枚を数え、ファイルサイズは330MBに及ぶ。

COLOR 13
連載中に使用していたちせのマークの特殊ペイント用パーツを用意し、戦車側面にこれを乗算で合成。傷に合わせてブラシで修正してなじませる。

COLOR 14
「ラインツール」を用いて、戦車の辺部のハイライトを追加。線幅は5ピクセル。

COLOR 15
別途作画していたピクニックセット。菓子のパッケージは現物を加工し、合成。

COLOR 16
人物とピクニックセットを戦車の絵に合成。体重、重心を考慮して、不自然のない位置に移動し、微調整する。ここまでがスタッフの作業で、以後、高橋しんにデータが渡される。

仕上げ。

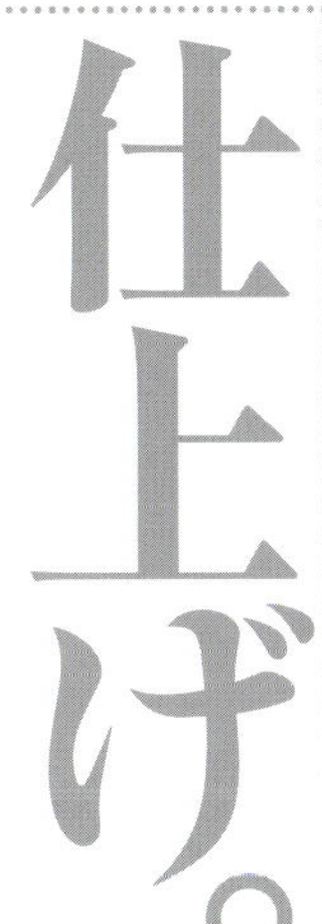

いよいよ高橋しんによる仕上げ作業に入る。筆のタッチを活かす仕上げには、procreate社のPainter7が用いられる。

COLOR 17
背景を素材集で検索。イメージに合ったものを見つけ出すまで試行錯誤が繰り返される。写真は試されたパターンの一部。

Macに向かう高橋しん。使い慣れた絵筆のように、小気味よくスタイラスペンを操る。

使用している素材集の一部。これら無くしては週刊ペースでの高品質な作画は不可能。

様々な効果や手順を自動的に再現するための「アクション」群。詳細な数値などは極秘事項だが、素材を的確に加工するために培われた集大成だ。

アクション

線数(20)	線数(25)	線数(30)	線数(35)	線数(40)
線数(45)	ボタン-スイッチ	スキャン	画像解像度	画像サイズ
選択範囲の縮小	選択範囲をぼかす	枠を選択	一回り太らす	CMYK変換
CMYK変換（墨の…	主線のカラー化	グレー変換	2色（4色）➡2色	文字光
線の太さを調節	キャンセル	画像準備	選択範囲の拡大	サファイヤ取り込…
枠を選択	CMYK変換（通常）	CMYK変換（墨な…	CMYK変換（グレ…	枠作成
白縁	塗りつぶし	[illegible]	人物マスク	服レイヤー
色レイヤー	影レイヤー	肌レイヤー	髪レイヤー	白レイヤー
白ディザ	鉛筆を二値化	鉛筆を二値化 の…	わく引き	字、濃く
右回り⇒	左回り⇐	180° 回転	写真準備	二値化
ハーフトーン	to Painter	レベルプラス	変換	変換2
web	カラー塗り用カッ…	iDiskファイルの…	カラー塗り用	

COLOR 18
写真右は線画を除いたレイヤー。中央が主線だけのレイヤー。これらが合成されて左の絵となっているのだ。

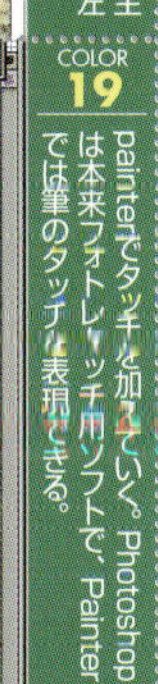

COLOR 19
painterでタッチを加えていく。Photoshopは本来フォトレタッチ用ソフトで、Painterでは筆のタッチが表現できる。

COLOR 20
Painterで仕上げた絵は、再びPhotoshopで加工される。右から2番目のような光のレイヤーを重ね、まぶしい陽射しを表現。

モノクロ原稿。

パソコンは、通常カラーの作画でこそ、その威力を発揮するが、高橋しんはモノクロ原稿にも積極的にパソコンを導入している。

make a monochrome scene

B/W 1 素材の大半は、高橋しん自らが撮影したスチールである。

B/W 2 スキャナで取り込んだ写真をまんがの絵として使うためには、パース（遠近によるゆがみ）を修正しなければならない。写真全体に「自由変形」をかけ、垂直のラインを正す。

B/W 3 「エッジのポスタリゼーション」のフィルタをかけ、コントラストを高め、ラインを強調する。一連の作業は「写真準備」というアクションで完全自動化されている。

B/W 4 建物の窓の部分を、スケールを合わせて別途作画しておき、別レイヤーとして取り込む。この窓枠の中を白く抜く。

「光彩」フィルタをかけ、窓の周囲をぼかす。これによって、窓から漏れる光を自然に表現することができる。

B/W 5 雪を表現するため、素材集の「星」の写真を合成。この「星」素材は、そのまま星、雪、水しぶき等、様々な用途で使用される。

B/W 6 絵を別レイヤーに複製し、トーンカーブで明度を上げる。その後、2枚のレイヤーでグラデーションに。柔らかな光線を表現。

B/W 7
4の工程と同じ要領でガラスの照り返しを表現。そのレイヤーを半透明にし、窓の内側を薄く見せることでリアリティを演出。

B/W 8
円形の「グラデーションツール」で、円状の光を追加。レイヤーは「ディザ合成」にしてすりガラスの雰囲気を作り出す。

B/W 9
別途描き上げた人物を合成し、適当な位置に移動する。更に素材集の「星」の写真を数枚のレイヤーに複製し、雪として合成する。これで1コマの絵が完成する。

仕上げ。

finish

1コマごとに仕上げられたモノクロ原稿を、1枚の原稿用紙に集約。指定の位置に貼り付けられ、完成原稿に至る。

B/W 10
原稿用紙のガイドを引いてあるファイルと、完成した各コマのデータを準備する。

次に、ガイドに合わせ、各コマを最終的な位置に貼り込んでいく。

プリンタで出力されるまで、作業はすべてグレースケール画像で行われる。

B/W 11
別途スキャナで取り込んであったトーンのファイルを呼び出し、貼り込む。

B/W 12
最後にさらに「星」素材を合成し、雪の効果を付加。これで原稿が完成する。

過去の作品は、作品名と話数、ページ数が振られ、レイヤー状態もそのままに、すべてCD－Rに収められ、保管される。保管スペースと効率の問題もあり、先日DVD－Rが導入された。

最終兵器彼女

オールキャラクターグッズカタログ

たくさんのファンの応援を受け、アニメ化でさらに広がりを見せる『最終兵器彼女』ワールド。各社から『最終兵器彼女』グッズが続々と発売されている。ここではそんなグッズをもれなく紹介しよう。

●1/8スケールフィギュア「ちせ」

1/8スケールのちせフィギュア。全高190mm。レジンキャスト製、パーツ数20の未塗装組み立てキット（7800円）と、コールドキャスト製塗装済み完成品（12000円）があります。価格はいずれも税別。なお、塗装済み完成品には、おまけとして「ＳＤちせ」が付属。原型製作は白髭創。㋙

●ちせの交換日記

作品中に登場するちせとシュウジの交換日記をリアルに再現。３５０円（税別）。アニメイト全店にて発売中。㋐

●最終兵器彼女コレクションキーホルダー

アミューズメントプライズ用。４種類。本体約４cm。台紙付きＰＰ袋入り。２００２年７月より、全国アミューズメント施設にてリリース開始。Ⓢ

●クリアファイル

Ａ４サイズの用紙が収納できるクリアファイル。３５０円（税別）。アニメイト全店にて発売中。㋐

《表　裏》

●台紙付きテレホンカード

ちせが描かれたテレホンカード。台紙がポストカードになっています。1500円（非課税）。アニメイト全店にて発売中。㋐

台紙》

●最終兵器彼女ストラップ

アミューズメントプライズ用。３種類。本体約９cm（ベルト含む）。台紙付きＰＰ袋入り。2002年８月より、全国アミューズメント施設にてリリース開始。Ⓢ

●クリアマウスパッド

透明板にちせの後ろ姿が描かれたマウスパッド。１０００円（税別）。アニメイト全店にて発売中。㋐

●最終兵器彼女フィギュア

アミューズメントプライズ用。２種類。本体約15.5cm。ＢＯＸパッケージ。２００２年９月より、全国アミューズメント施設にてリリース開始。Ⓢ

●ブロッコリー・オリジナルカード・コレクション最終兵器彼女

全１３４種類のトレーディングカード。高橋しんによる描き下ろしカードも!!　１パック４００円（税別）。１ボックス15パック入り。また、ブロッコリーからは、特製ジッポライター、携帯灰皿、クロスペンダントなども発売予定。㋫

●クリアポスター

「少年サンデーＧＸ」のピンナップ用に描かれた「メンテナンス中のちせ」のイラストが入ったＡ２サイズのポスター。透明素材に印刷されています。800円（税別）。アニメイト全店にて発売中。㋐

お問い合わせ先は…

ここで紹介した商品に関するお問い合わせ先は、以下の通りです。

㋐…アニメイト本部（03-5992-1234）（平日10〜18時）
Ⓢ…エスケイジャパン（03-3862-8444）
㋙…コトブキヤお客様係（042-548-1563）
㋫…ブロッコリーユーザーサポート部（03-5372-6208）

この星で、一番最後のラブストーリー

最終兵器彼女

SHE, THE ULTIMATE WEAPON

TVアニメーションの世界

高橋しん初のＴＶアニメーション化作品となり、2002年7月2日より放送開始された『最終兵器彼女』。高橋しんが出した要望は、ＴＶアニメーションならではの『最終兵器彼女』にして欲しいというもの。コミックとは違う、その独自の世界の魅力に迫る。

ファミリー劇場（CS & CATV）火曜夜 7：00～
中部日本放送（地上波/名古屋）水曜深夜 1：55～

TV ANIMATION
最終兵器彼女
第1話～第3話

ダイジェストストーリー

原作コミックス全７巻のストーリーが、ＴＶアニメーションでは違和感なく全13話にまとめあげられている。最新デジタルアニメーション技術による映像美も感じてとって欲しい。

第1話「ぼくたちは、恋していく。」

STORY

雪の展望台へとのぼるシュウジ、そこにあったのはちせが残した交換日記…シュウジはちせと付き合い始めた頃を思い出す…。二人は北海道の田舎町に住む高校３年生。ドジで内気なちせから告白され、付き合いはじめたシュウジだが何をしていいのかわからない。二人は交換日記からスタートすることに…。

ちせに「私、シュウちゃんの彼女だから」と言われ、顔を赤らめるシュウジは、アニメならではの演出。そしてちせは交換日記を始めようと…。

ちせとの付き合い方が分からないシュウジは裏の展望台に彼女を連れて行く。そこで二人は始めてのキスを…。

第１話の終わり近く、戦場となった札幌の町で兵器となったちせと出会うシュウジ。ＴＶアニメーションでもコミックと同様、この後に初めて『最終兵器彼女』というタイトルが出る演出となっている。日常から非日常へ、そして二人の本当の恋がここから始まる。

第2話 「私、成長してる・・」

戦いから帰ったちせにシュウジは普通に「おかえり」と。

シュウジとちせのことを心配しているアケミだったが…。

STORY

ちせから最終兵器に改造されたと聞いても、シュウジは現実感がなかった。だが、ちせが再出撃した後、日記を読んだシュウジはその切実な思いを知る。二人は最終兵器に改造されたことを二人だけの秘密にしようと誓った。

シュウジが見上げると、思わずスカートを押さえるちせ。

第3話 「ふたりで」

STORY

展望台からの風景を眺めながら、シュウジは誰も知らない場所に行って二人で暮らそうとちせに言う…。だがその前に軍が立ちはだかる。結局、いつものように二人は学校へ。その途中、自転車に乗った女性とすれ違うが…。

シュウジが地獄坂ですれ違ったのは中学時代の思い出の人「ふゆみ先輩」だった。そしてシュウジは彼女の部屋で惑わされるが。

ちせは駆け落ちの約束をしたものの軍からの依頼を断れず、すっぽかしてしまう。朝になり約束の場所に来たちせは、シュウジから「おはよう」と声を掛けられ…。

ふゆみ先輩が写った写真をあけみからツッコまれるシュウジ。ちせが「先輩」って誰って心配してたと言う…。

TV ANIMATION

最終兵器彼女 キャラクター設定資料

高橋しんの独特の作画タッチを、いかにアニメーションとして動かせる線にするかが課題だったというキャラクター設定。他の作品に比べても、その難易度は高かったと言う。

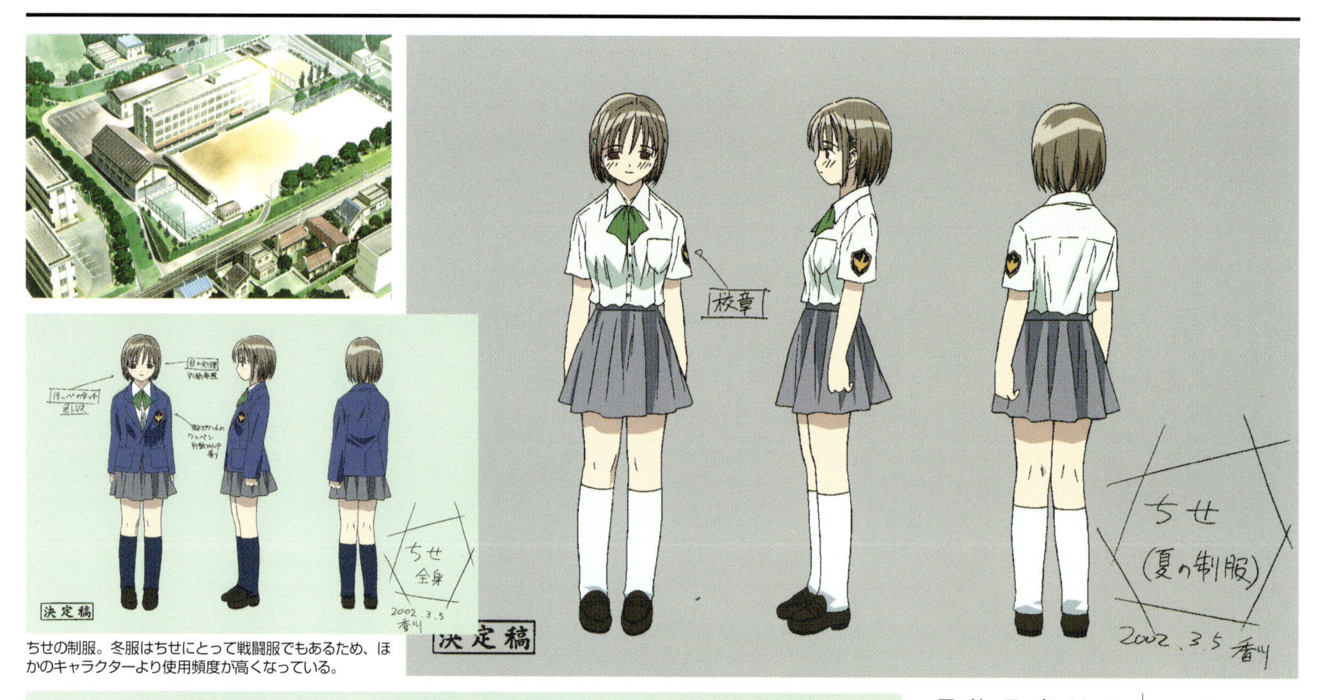

ちせの制服。冬服はちせにとって戦闘服でもあるため、ほかのキャラクターより使用頻度が高くなっている。

ちせ

のろまでドジでかわいいちせ。そのポイントは、頬のタッチ斜線。どれくらいの量をどの角度で入れるかで、まったく顔の印象が変わると言う。ちなみに、ほかのキャラクターと比べてみると、一人だけ微妙に頭身と体型が異なる気がするのは、ちせだから（笑）。

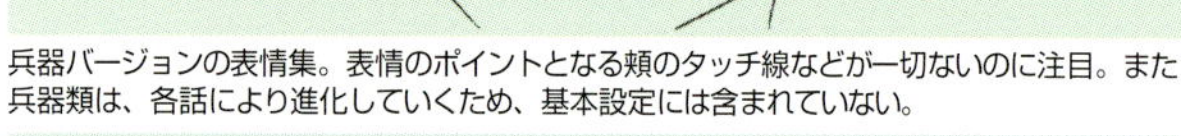

兵器バージョンの表情集。表情のポイントとなる頬のタッチ線などが一切ないのに注目。また兵器類は、各話により進化していくため、基本設定には含まれていない。

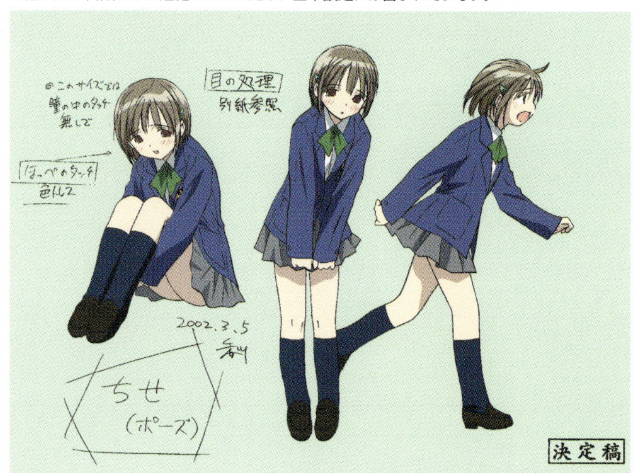

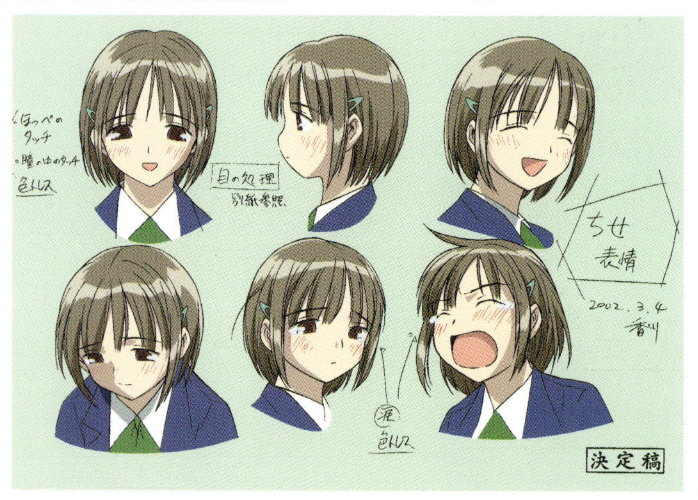

シュウジ

無口でクールなシュウジ。シュウジの作画ポイントとなったのは、細い目と髪の毛のボサボサ具合。目は冷たくなりすぎないようにバランスに重点を置いて描かれている。また髪の毛は、シュウジらしく見えるうまいハネ具合を見つけるまで模索し続けたと言う。

特に第1話から着る夏の制服姿では、全体に斜に構えた雰囲気を大事にしている。

他のキャラクターに比べて私服姿が多いシュウジ。ただ私服にはわりと無頓着なのかも。

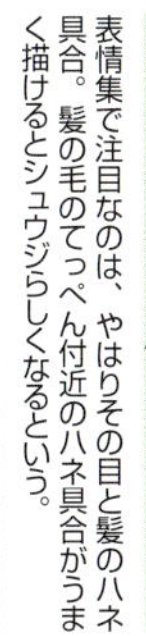
表情集で注目なのは、やはりその目と髪のハネ具合。髪の毛のてっぺん付近のハネ具合がうまく描けるとシュウジらしくなるという。

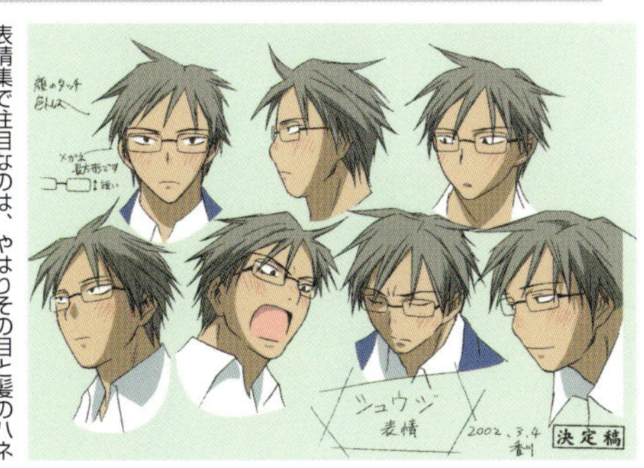

テツ

ちせが戦場で頼りにするいわゆる大人の男。冷静さと信頼できるイメージがポイントに。

ぶっきらぼうな感じはシュウジと似ている。部下を率いる大人の男性としての雰囲気を大事に描かれている。

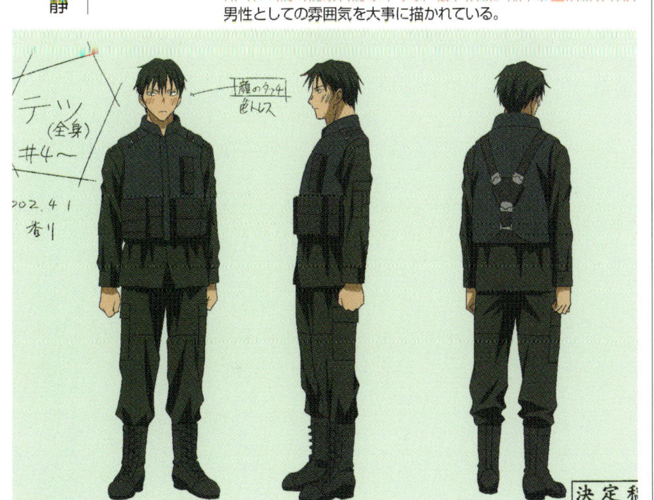

服の着こなしは少しルーズにして無防備な感じを出している。目の奥にはどこか思いつめたところがある。

ふゆみ

シュウジを惑わす、いわゆる大人の女性の部分を強調して描かれているのがポイント。

あけみ

シュウジとちせの恋愛を見守る性格上、お姉さんと言うより、少し男勝りな元気な女のコとして描かれている。

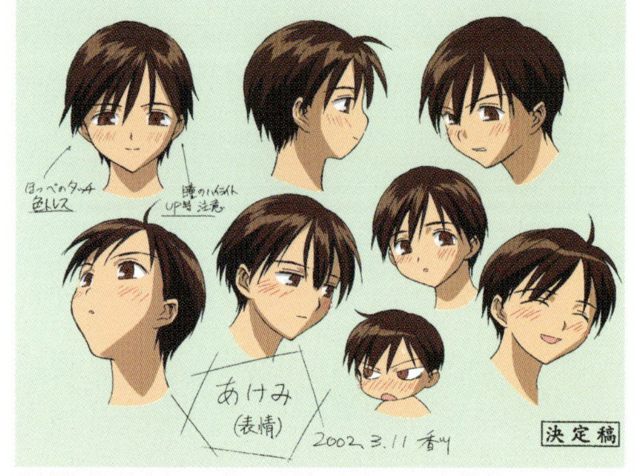

基本的には元気な女のコパターンだが、ひそかにシュウジを想っているという設定上、微妙な表情の設定が重要になっている。

アツシ

アツシは軍に志願するだけの強さを出すために、コミック版よりも全体的に精悍な感じになっているのがポイント。

好きな人を守るために軍に志願する優しさと激しさが同居している。ただし、最初は優しさというよりも頼りなさを強調する感じに。

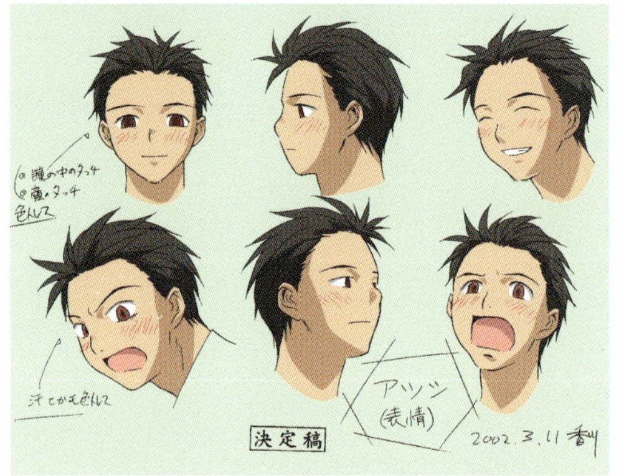

さとみ

あけみの妹。姉よりちょっぴり丸い感じ。ただ髪の毛の分け方で見分けないといけないくらい顔のイメージは似ている。

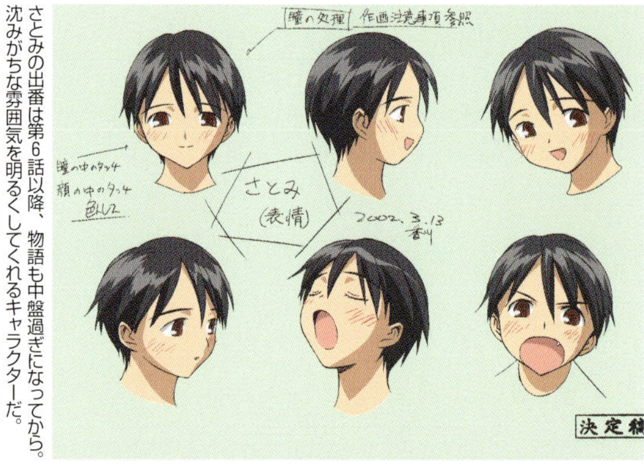

さとみの出番は第6話以降。物語も中盤過ぎになってから。沈みがちな雰囲気を明るくしてくれるキャラクターだ。

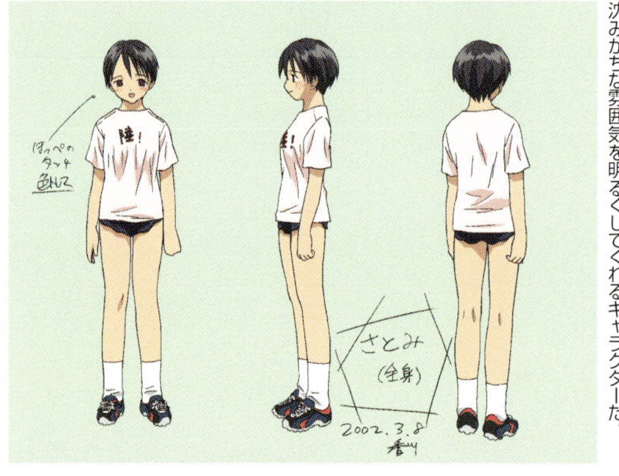

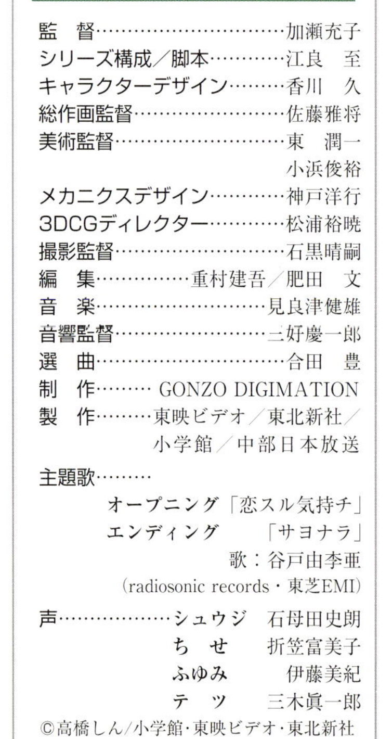

Animation STAFF

監督…………加瀬充子
シリーズ構成／脚本…………江良 至
キャラクターデザイン…………香川 久
総作画監督…………佐藤雅将
美術監督…………東 潤一
小浜俊裕
メカニクスデザイン…………神戸洋行
3DCGディレクター…………松浦裕暁
撮影監督…………石黒晴嗣
編集…………重村建吾／肥田 文
音楽…………見良津健雄
音響監督…………三好慶一郎
選曲…………合田 豊
制作…………GONZO DIGIMATION
製作…………東映ビデオ／東北新社／小学館／中部日本放送

主題歌………
オープニング「恋スル気持チ」
エンディング「サヨナラ」
歌：谷戸由李亜
(radiosonic records・東芝EMI)

声…………シュウジ 石母田史朗
ちせ 折笠富美子
ふゆみ 伊藤美紀
テツ 三木眞一郎

展望台イメージボード

物語の始まり、そしてエピローグへの舞台となる展望台。イメージボードを元に3DCGとして作られた。

原作のトレースではないアニメーションの『最終兵器彼女』

監督
加瀬充子
MITSUKO KASE

シュウジとちせのお互いを想う気持ちを表現したいですね

私は女性ですけど、もともと少年まんがのほうが好きで、スピリッツも読んでいたんです。で、連載の頃から『最終兵器彼女』は読んでいたんですけど、その時の感想は、うわぁ、べたべたな少女まんがだなぁ(笑)。でも、その時から今のスタッフの子とやりたいよね～なんて言ってたら、それが本当になっちゃって。本当に嬉しかったですね。

ただTVシリーズ全13話ということで、原作の全7巻分、本当は8巻分くらいあるのをまとめるのには苦労しましたね。シュウジとちせの二人を際立たせるために、新キャラを追加したりとか。あとTVシリーズということで、Hシーンや戦闘などでのハードな描写ができないので…。でも、そういうシーンがなくても成り立つ作品だと思ってカットしたり、見せ方を工夫したりしてます。けど、結構難しいんですよね。

戦闘シーンは困らないんですけどエッチシーンは苦労しましたね(笑)

5月2日生まれ、福島県出身。代表作：『GUNDAM 08MS小隊 ミラーズ・リポート』『装甲騎兵ボトムズ』『蒼き流星SPTレイズナー』『リアルバウトハイスクール』

ロボット物をずっとやってきたので戦闘シーンはいいんですけど、Hシーンが…(苦笑)。

高橋しん先生からはTVアニメの『最終兵器彼女』を作ってくださいと言われていたので気が楽だったんですけど、やっぱり作品自体の持つ世界観、テイストそのものを壊すわけにはいかないじゃないですか。シュウジやちせ、そして周りの人間たちの一途な感じを大事にしたかったし。背景の澄み渡った空気の感じを出すために北海道までロケハンにも行きました。そうした中で、ちせのずっと人間でいたいっていう気持ち、そして最後までちせを想い続けるシュウジの気持ちっていうのを、全編通して表現できれば作品としては成功かなと思ってます。そのために、ちせに関しては作画枚数がかかってもいいから、ていねいに描くようにって言ってあるんです(笑)。あとラストシーンのあたりは、かなり原作と違います。ちせが戦う理由とか…。それは、オンエアを楽しみにしてください(笑)。

TV ANIMATION
最終兵器彼女
STAFF IVTERVIEW
どこにオリジナルを入れようか悩みましたね
シリーズ構成／脚本
江良 至
ITARU ERA

全7巻の原作のボリュームをどうまとめるかが課題でした

実はアニメーションのことはろくに知らなかったもんですから、最初は断るつもりだったんですよ。映画やVシネマが仕事の中心でしたからね。でも一応読んでくださいって、コミックスを4巻くらいまで渡されてね。で、読んでみたら、実際いい作品で涙出て(笑)。もう完全な純愛物のラブストーリーだってわかって。それでやらせてくださいと。ただ、いざ手を挙げはしたものの原作のボリュームをどう全13話にまとめるか難しかったですね。シュウジとちせはもう完成されてるから、脇を固めていく

シュウジのイメージは高倉健(笑) セリフじゃないセリフが多くて…

ことにしたんです。それで、アケミやテツのオリジナルのセリフやシーンが増えまして…。高橋しん先生からも、アケミ凄いですねって言われて。キャラクターの延長線上で書いたつもりなのに暴走したかなって、冷や汗が流れたり(笑)。あとシュウジのセリフについても指摘されましたね。シュウジのイメージって、誰が言い出したかは忘れたんだけど、高倉健さんの高校生版。まんがだと「……」ってセリフも多いですし。言葉を飲んだりするような、セリフじゃないセリフは、音で聞くと非常にわかりにくいんですよ。それを、明確にセリフにしたんですけど、人によってはシュウジじゃないって言われるかもしれませんね。

あと今回、スタッフの男女比率がちょうど半々だったんです。それでシュウジが、ちせがいるのにふゆみに行ったりするところで意見が分かれるんですよ。女性陣はシュウジがものすごくだらしないって言うんだけど、男性陣としてはものすごく我慢してるなって思うとか(笑)。そういうその場の空気も活かされてるんじゃないですかね。

とにかくすべてが新鮮な経験でしたけど、僕みたいに普段アニメーションを見ていない人でも楽しめるように書いたつもりです。ぜひ多くの人に見ていただきたいですね。

1961年生まれ、熊本県出身。代表作品：『映画版 陰陽師』『FULL METAL極道』『天然少女 萬』『難波金融伝 ミナミの帝王』シリーズ 『ビジターQ』『天国から来た男たち』他にまんが原案など。

独特のタッチが本当に難しかった

1965年6月23日生まれ、愛媛県出身。代表作品：『神風怪盗ジャンヌ』『美少女戦士セーラームーン』『聖ルミナス女学院』『劇場ポケットモンスター　結晶塔の帝王』『ヴァンドレッド the second stage』

キャラクターデザイン
香川　久
HISASHI KAGAWA

アニメにしにくい絵だと最初、思いましたね(笑)

原作を読んだ時、ストーリーに関しては先が気になる展開で、目が離せないラブストーリーだなって思いましたね。ただキャラクターに関しては…正直、これをどうデザインしたらいいんだろうっていうとまどいがありました。高橋しん先生の絵の線ってすごくアニメーションにしづらい印象があったんですよ。アニメーションの場合だと、色を塗るために線がきっちりしてて、繋がってなくちゃいけないわけですが…。そういう点で、高橋しん先生のキャラクターは、柔らかいタッチを残しつつ繊細な線で描かれているので、なんとかそれを活かさないと…。

シュウジとちせ、主役の二人を自分の中でまとめられれば他のキャラクターも大丈夫だろうと思ってたんですけど…。最初に描いたラフ設定は全然似てなかったですね(笑)。それを高橋しん先生に修整をいれてもらったんですが、おお、なるほどと(笑)。シュウジの鼻はちょっと上向いてるんだなとか、ちせの髪の毛なんか、キューティクルがあるぞっていうやわらかい感じなんだとか。勉強になりましたね。ただ三頭身というかギャグ顔のちせは、ちょうど日常と非日常の切り替えになっていいなあと思ってたんですが、僕がデザインするんじゃなくて、各話で原作をもとにデザインを起こすことになったのが残念だったかな。あと全体に共通してるのが、頬のタッチ線。高橋しん先生のキャラクターの特長のひとつですけど、動かす都合上そんなに大胆に線を入れられないし。かといって無くしたのも描いてみたんですけど…あ、やっぱりいるなって(笑)。つけ方の微妙な加減で表情が変わるので気を使いました。原作の絵とはかなり違うとは思いますが、そこはあまりつっこまずに、ストーリーを素直に楽しんでほしいです(笑)。

毎回が自分にとって闘いですね

1972年5月16日生まれ、福島県出身。現在までの経歴は、『波乱万丈』。代表作品：『グラップラー刃牙』『ストリートファイターZERO』『劇場ポケットモンスター　結晶塔の帝王』

作画監督
佐藤雅将
MASATOSHI SATO

パターンじゃない、微妙な表情をしっかり描きたいです

まずちせ達を見て、愛せるキャラクター達だなあって思いましたね。作画する上でキャラクター一人一人を愛して描かないといいものにはならないと思うんですよ。ただ絵柄的には、ほかの作品に比べても独特の絵なので、それを自分が描けるのかなって少し心配もしました。今までの自分がやってきた路線とはかなり違うので、ある意味、自分の中での挑戦でしたね。

ただキャラクターデザインを見ると、作画的には頬とか、髪の毛とか、目とか面倒くさいお約束が多いんですが、一度決まってしまえば大丈夫なものばかりなので、そういう点では杞憂だったかなと。ただ、ちせのメカとか、メカ作監がついてやるのかなと思っていたら、自分がやることになったりしたのは予想外(笑)。細部までやらないといけないので大変なんですよ。

こういう決まりごとはいいんですけど、そうじゃないところに力を入れたいですね。笑った時はこう、泣いた時はこう、ってパターンが決まってるんじゃなくて、すごい微妙な表情とかあるじゃないですか。その微妙なニュアンスを出したいなあ、その雰囲気を出せればなあって思いながらやってます。長いカットなどでの表情の変化とかにも気を使っていきたいです。

あとキャラクターではなく、レイアウトの取り方として、日常のシーンはおだやかな雰囲気で。戦闘とかの非日常のシーンは、広角目にレイアウトを取るなどして差別化しています。

とにかく、原作の雰囲気を壊さずに、しっかり伝えていければなと、ただもうそれだけですね。自分も本当に大好きな作品なので、より多くの人に好きになっていただければなと思ってます。そのお手伝いがちょっとでもできればと。今頑張ってます。それから、あと、毎週、泣いていただければ…(笑)。

初めてのアフレコでシュウジをやれて感激です

シュウジ役

石母田史朗

SHIRO ISHIMODA

シュウジという役に少しでも近づいていけたらと思います

シュウジって、どうしても言葉がぶっきらぼうだったりするんで、冷たくなっちゃいがちなんですけど、根底には優しいものを持っているんですよね。言葉は冷たくても、そういう言葉に優しい気持ちを乗っけるっていうのが、役者として難しいところでもあり楽しいところですね。ちせとちゃんと向き合いたいって思ってるのに、ちせが最終兵器だっていうところで拒否反応みたいなのが生まれちゃったり。自分で落ち込んだりとか。本当に素直なヤツです(笑)。アフレコ初挑戦でシュウジ役をいただいたのは感激ですね。ずっと舞台をやってきて役作りに関して思ってるのは、その役に近づいていきたい、同化したいってことです。お芝居するんじゃなくて、自分の言葉で発せられるようになりたいって思うんですよ。原作を読んだり、高校時代とか、恋愛に対する感覚を思い出したりしながら、シュウジに近づいていければと思ってます。あとはアフレコの時に芝居の相手をどう大切に思うか。相手をどう受けるかを自分は大事にしてます。最初のアフレコの時も、すごく緊張してたんですけど、芝居で絡んでいくうちに楽しくなっていきましたからね(笑)。ただその前まではドキドキでした。シュウジ役に決まった時も本当にビックリして、オレでいいのかな？　いや、いいんだろうって感じで(笑)。

12月11日生まれ、東京都出身。『最終兵器彼女』が初の本格的アフレコ。劇団青年座所属。主な舞台：『天草記』『アメリカ』『成層圏に棲む鵺』『君はこの国が好きか』『湖底』

すべてを知っているシュウジと知らないシュウジの差が難しいです

でもビデオを見て口を合わせてから、芝居を作っていくのも大変ですし、すべてを知っているシュウジとそうじゃないシュウジの差とか…。あと、微妙な息芝居とか…。挙げればキリないんですけど、とにかくやるしかない(笑)。

それにしても、ちせはほっとけないというか父性をくすぐりますよね。守ってあげたいっていう…。もし本当に、ちせみたいな子がそばにいたら…。シュウジほど我慢強くはいられないかもしれないですね(笑)。

最初は冷静になれない自分が怖かったですね

本当にたくさん涙が出るけど、素敵な作品ですね。オーディションの前に原作を読んだんですけど、まずなんとも言えないため息っていうのが出てきて、読んでいくうちにどんどん涙が出てきました。私、まんがで泣いちゃうことってあまりなかったんですけどね。だからオーディションに合格した後は、この感動をどうやって伝えていこうって、ずーっと考えてました。ただアフレコが近くなってきたのに、何度も何度もまんがを読み返して、何度も何度も泣いている自分がいたんです。冷静な部分がないとお芝居ができないじゃないですか。それなのに第1話の台本もらって家で声出して練習している時も、う～、まだ冷静になっていない～って(笑)。もう客観視ができなくなってる自分がものすごく怖かったです。それがアフレコの前に、石母田さんとリハーサルしたんですね。それでなんとか少しまわりを見渡せるようになったかなと。でもやっぱり泣くシーンでは、涙が出てきちゃって…。もうハンカチが欠かせません(笑)。

泣きながらのシーンが多いのでハンカチは欠かせませんね(笑)

ただ第1話の最初のほうだけ唯一、本当に人間でシュウちゃんが大好きでっていうほのぼのしたシーンなので良かったですけどね。でも北海道弁が予想外に難しかったです(笑)。明らかに標準語と違うわけでなくて、結構普通なのでかえって難しかったんですよ。微妙なニュアンスとかね。

あとは、ちせの柔らかい普段の時と、最終兵器になっちゃった苦悩。悲しいんだけど一生懸命生きていたいし…その強い部分の微妙さをうまく出していきたいですね。

でも、ちせとシュウジって羨ましいですよね。ちせにとっては初恋でしょうし、ここまで一生懸命人を好きになるっていうのはとても幸せだと思うんです。周囲があんな状況でも貫こうとするのが素敵だし、悲しいけど、とってもきれいなお話ですよね。

12月27日生まれ、東京都出身。代表作:『GTO』冬月あずさ役、『ヴァンドレッド』メイア・ギズボーン役、『フィギア17－つばさ＆ヒカル』ヒカル役、『千年女優』藤原千代子役

TV ANIMATION
最終兵器彼女
STAFF IVTERVIEW

北海道弁が意外と難しいんですよ、これが

ちせ役
折笠富美子
FUMIKO ORIKASA

ファンとしてはちせの気持ちに…

10月21日生まれ、東京都出身。代表作：キャメロン・ディアスの吹き替え(『メリーに首ったけ』『ベリー・バッド・ウエディング』)、『ブギーポップは笑わない』真希子役、『ドラゴンボールZ』人造人間18号役

ふゆみ役
伊藤美紀
MIKI ITO

久しぶりにマイク前で緊張しちゃいました（笑）

最初、オーディションの前に、原作を一気に読んでしまったんですよ。その時は、切ない気持ちでいっぱいになりました。あとで音響監督の三好さんから、究極のラブストーリーだと思ってるんですっていうコメントがついて台本が来たんですけど、私も本当にまさにその通りだなあと…。自分が恋愛していた頃なども思い出しつつ（笑）、感動して涙があふれちゃうシーンがたくさんありました。本当に微妙な心理がすごくよく描けてるなあって思いましたね。やっぱり女性として、ちせにすごく共感したんです。だから、どんな役でもこの作品に関わりたいってすっごく強く思っていましたね。そう思っていたところ、ふゆみ先輩の役をいただいて…。

ふゆみは第3話からの登場になるんですけど、最初にマイクの前に立った時は、本当に緊張しましたね。もう唇が乾いてきちゃうくらい。こんなに緊張したのは久しぶりでした。ふゆみっていう女性は、ある意味すごく素直な女性なんですよね。ただひとクセあるだけで（笑）。テツが大好きで大好きで…なのにそばにいないから寂しくて、シュウジにちょっかい出しているただのダメな女性ではないと思うんですよ。シュウジに対しても、お互い懐かしさとか複雑な部分があるんで、すごく難しいですよね。あとHなシーンはあまりいやらしくならないように、それでいて意味深な雰囲気を出さなくてはいけないので…。ふゆみはどうしてあんなにいけないことをしてしまうんでしょうね、本当に（笑）。

ふゆみじゃなくて一ファンとしては、ちせを応援したいっていう思いもあるので、その部分の切り替えも難しいところですね。スタジオでも二人の会話を見ていて、ちょっと涙が出たりとか…。とにかくファンの方の持つイメージを壊さないようにがんばっていきたいです。

好きな作品だけに難しいですよ

3月18日生まれ、東京都出身。代表作：『頭文字D』藤原拓海役、『PROJECT ARMS』新宮隼人役、『.hack//SING』クリム役、『フェリシティーの青春』ベン・コヴィントン役

テツ役
三木眞一郎
SHINICHIRO MIKI

好きな作品に出られて嬉しい分、プレッシャーも大きかったです

アニメ化が決まる前から原作のファンだったんですよ。絵もストーリーもすばらしいし、画面の構成も今までの漫画の枠も越えてるんじゃないかって思ってました。もう何回、家で読み返して泣いたかわからないくらいですよ（笑）。

ただ好きな作品って難しいですね。気負っちゃう部分がどうしてもありますし。逆に作品を知らなかったほうがいいなと思う時もありますけど、テツ役はどうしてもやりたかったので、役が決まった時にはとても嬉しかったですね。でも『最終兵器彼女』のファンとしては、しばらく出番がないっていうのは寂しかったかな（笑）。ただ、いざ出番が来た時はもうガチガチに緊張してましたね。テツも懸命に生きている人間じゃないですか。出番があった日から急に生き出したわけじゃなくて、それまで生きていたわけで。

セリフの上だけならともかく、本当の部下に対する思いやりとかは急には生まれませんからね。そのテツという役の履歴書を作るのが、僕の最初の仕事だと思ってたんで、最初はすごいプレッシャーだったんですよ。ただ、これは決して嫌なことじゃなくて、嬉しいことだったんですけどね。ただ今後も、テツはいろいろ僕を悩ませてくれると思いますよ。

この作品あんまり器用な人出てこないんですけど（笑）、テツはさらに不器用だと思うんですよ。自分の辛さを誰にも頼らずスルーしてしまう方法を身につけてるじゃないですか。とがっていない突っ張り方って言うんですか。それが見ていて辛いですよね。だから、ある意味すごく愛しいんですけど。テツはもちろん、シュウジやちせ達の生きている様を、ストレートに見て欲しいですね。きっと他の作品を見た時とは違う何かを感じられると思うんですよ。そしてまたその感じた自分を楽しんで欲しいですね。

123.「最終兵器彼女」（ビッグコミックスピリッツ・2001年13号扉用イラスト）

『最終兵器彼女』シュウジとちせの恋愛ヒストリー

戦争という過酷な運命に翻弄されながらも、愛を深めていったちせとシュウジ。このふたりにまつわるエピソードを時間軸に沿い、改めてまとめてみた。それと同時に、物語世界に登場する特徴的な場所や建物、そして商品などに関しての解説も試みている。『最終兵器彼女』ワールドの理解を深めるのに役立ててほしい。

ぼくたちは、恋していく。

ぼくたちは、恋していく。

初夏

私、シュウちゃんの…
彼女だから。

シュウジとちせ、不器用につきあいを開始する

北海道のとある海沿いの街からスタートする、ちせとシュウジの物語。交際のきっかけは、ちせのほうからの告白だった。それから5日経過するが、ふたりの気持ちはなかなか通じ合わず、手探り状態のまま。地獄坂を一緒に登って登校するのだが、シュウジの後をのろのろとついてくる不器用なちせに対して、シュウジはいらだちを隠せなかった。

お互いに「つきあう」というのがどういうものかわからず、そんな状態をクラスメイトに相談しては笑われるふたり。あせるちせは意を決し、交換日記を持ちかけるが、シュウジは関心を見せなかった。

そんなある日、シュウジは学校近くの森の奥にある、展望台にちせを連れて行った。「疲れた」と別れ話を切り出すシュウジ。しかし、ちせのほうも鬱憤がたまっており、シュウジに対して逆ギレ。それなら、とシュウジも本音をぶちまけ、お互いに思っていることの言い合いに。

そんなやり取りのおかげで、ふたりの緊張が解け、やっとお互いに信頼感が持てるようになった。そして展望台の上で、記念すべきふたりのファーストキスが交わされるのだった——。

Column.01 地獄坂

北海道にある「地獄坂」といえば、小樽市の中心地にほど近い富岡町に実在する。JR小樽駅の西側にあり、この通りは別名「商大通り」と呼ばれている。坂を上っていくと小樽商科大学、小樽商業高校がある。

10%
地獄坂

誰がつけたんだか、この坂にはこんな名前がついてる。
地獄坂
通称じゃないホントの地名だ。

もしかして…
「つきあう」って、こんなんだったんかな——?
…うん。

Column.02 シュウジとちせの住む街

「地獄坂」があり、札幌まで近いという位置関係から推測して、シュウジやちせが住む街も小樽市内がモデルであると思われる。ちなみに小樽は、小樽運河やガラス工芸店など、さまざまなスポットがある観光地としても有名。

「ごめんなさい」と彼女は。
「ごめんなさい」と彼女は。
盛夏

ち…せ…?

バカ。

ぼくたちは
この場所から…
これから
はじめようと思った。

…ごめんね、
シュウちゃん……
あたし…
こんな体に
なっちゃった……

札幌にいるシュウジたちに謎の戦闘機群が襲いかかる

あの日から一週間。札幌のデパートへ足を伸ばし、バーゲンの服を選んでいるシュウジとクラスメイトたち。

突然デパートを襲った地震に驚き、外へ出てみると、上空には無数の戦闘機が。やがて、まるで航空ショーのように戦闘機同士の空中戦が始まるのだった。最初は物珍しさで上空の様子を見物するも、時計台やテレビ塔など、次々に都心の建物が破壊されるのを目撃し、シュウジたちは戦慄する。さらにシュウジは、爆撃の巻きぞえを食らった人の死まで目の当たりにしてしまった。撃墜された自衛隊機は街に落下し、どんどん街は廃墟と化していくのだった。

爆撃による粉塵が舞う中、なぜかひっそりと佇むちせの姿が。体からは砲身のようなものが生えている。「あたし…こんな体になっちゃった…」わけもわからず、フラフラとちせに近づき、抱きしめるシュウジ。しかし、抱きしめたちせの胸からは、あるべきはずの鼓動が聞こえなかった――。

Column.03 札幌を空襲する戦闘機

突然、札幌を爆撃する戦闘機だが、これはロシア製のMIG（ミグ）-29。ドイツやイランなど、多くの国で導入されている近代戦闘機だ。それを迎え撃つ自衛隊機は、F-2支援戦闘機だと思われる。

4丁目プラザ

Column.04 札幌・時計台

JR札幌駅と地下鉄大通駅の間に位置する、札幌で最も有名な観光名所。もともとは明治11年に札幌農学校の演舞場として建造されたもの。現在、建物は高層ビルに囲まれ、1階はギャラリーとして使用されている。

最後の日々

初秋

複雑な思いを胸に抱き、ふたりは街から逃げ出す

札幌空襲の「あの日」から数日。夏休みも終わって穏やかな日々が続いた。

「最終兵器」となってしまったちせに対し、何をすることができるのか、悩み始めるシュウジ。複雑な心境を抱えつつ、ある日シュウジが家でちせとの交換日記を読んでいると、別れ話が記されているのに気づく。驚いたシュウジは夜の街に駆けて行った。そこで見たものは、背中から金属の羽根らしきものが生え、空から舞い降りて来るちせ。衝撃を受けるシュウジ。やっとそこでシュウジは、本当に最終兵器となったちせを理解した。そして、この現実を受け止め、ちせを不器用に迎え入れながら、ふたりきりで生きていこう、そう決心するのだった。

ある日、放課後の教室でふたりは待ち合わせた。そこで、「経験すると（兵器として）成長するの。」とちせは告白する。しかも、ちせには常に自衛隊の監視があるという。シュウジは思わず、逃げようと提案する。闇雲に自転車で疾駆するふたり。追っ手の爆撃を避けつつ、展望台近くの森へとたどり着いた。

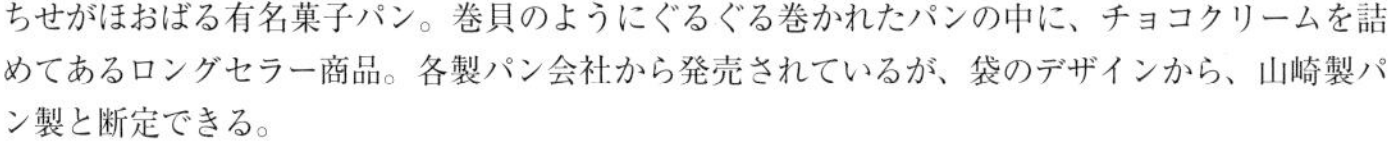

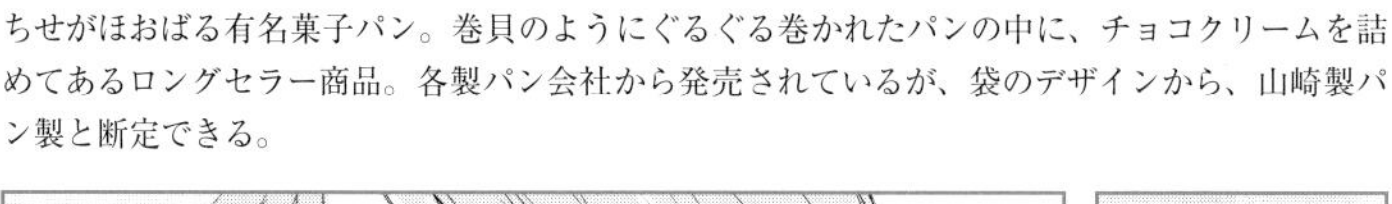

Column.05 チョココロネ

ちせがほおばる有名菓子パン。巻貝のようにぐるぐる巻かれたパンの中に、チョコクリームを詰めてあるロングセラー商品。各製パン会社から発売されているが、袋のデザインから、山崎製パン製と断定できる。

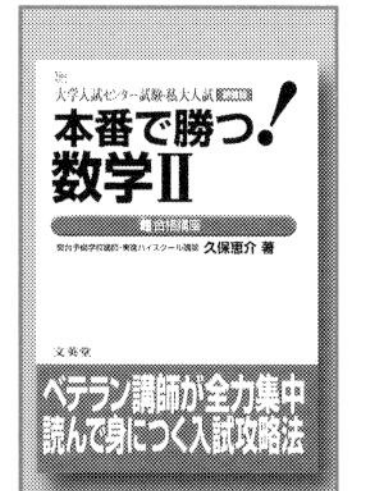

Column.06 シュウジが手にする参考書

シュウジの部屋に置いてある数学の参考書が、文英堂刊の『本番で勝つ！数学II』（久保恵介著）。文英堂の「本番で勝つ！「超」合格講座シリーズ」は、大学入試対策書の決定版として定評のある人気シリーズ。1997年の発売だが現在も入手可能で、シリーズは全16冊。

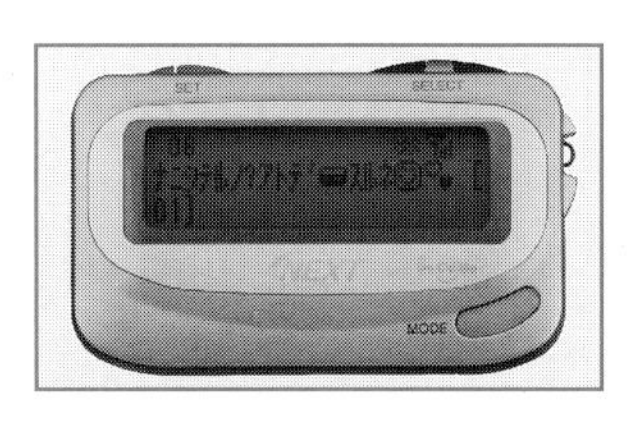

Column.07 ドコモ製のポケットベル

いつも出し抜けにちせのスクランブルを告げ、ドラマに緊張感を与えるポケベル。1998年に発売されていた、センティーネクストシリーズのA12がモデルであると思われる。ビジネス用モデルで、液晶表示は数字カナ表示式。陸上自衛隊のロゴが入った迷彩色モデルはオリジナルカラーだ。

展望台で互いの愛情を確かめ、駆け落ちの約束をするふたり

展望台近くの森で一息ついたふたりだったが、それでもちせは、無意識に敵の襲来を感知してしまうなど、兵器としての戦闘本能を止められない。「あたし、もう死んだほうがいいんかなあ」と思い詰めるちせ。そして抱き合うふたり。ちせの胸にある傷を見てしまうシュウジ。それは兵器であることの刻印。そんなちせに対し、シュウジは涙を流す。

展望台で並んで座りながら、たどたどしくも、お互いの愛情を確かめ合うふたり。駆け落ちの約束をし、ふたりは2時間後、駅の前で待ち合わせる。

シュウジは両親に黙って家を出るが、ちせは両親に見つかってしまい、激怒され家から出られなくなってしまう。約束を守れず、泣き暮れるちせ。さらにスクランブルの連絡も入ってしまった。そんな状況を知らないまま、シュウジは駅の前でずっと待ち続けた。シュウジはずっと後になって、この日がちせの成長を止める最後のチャンスだったということを知る——。

Column.08 展望台と森

シュウジの街を一望できる展望台は、小樽市内の旭山にある、旭展望台がモデルになっていると推測される。位置的にも地獄坂の近辺で、街からさほど離れていない、行きやすい場所にある。また展望台の途中にも、実際に白樺の雑木林がある。

Column.09 シュウジの街の駅

駅舎のデザインから、小樽市の小樽駅がモデルになっていると思われる。ちなみに駅の後方には天狗山が見え、地獄坂や展望台も山の方向にある。駅正面の方向は港が近く、小樽運河や古い倉庫群などがあるロマンチックな景観が広がる。

ふゆみ先輩

ふゆみ先輩

中秋

ふゆみ先輩との再会がシュウジの心を乱していく

10月に入った。ふたりの仲はギクシャクしている。ある日の下校中、シュウジの街に爆撃が。住宅地へミサイルが落ちた。爆風を受けて倒れている人物へ駆け寄るシュウジ。それは初恋の相手である、ふゆみ先輩だった。久々の再会で、シュウジは傷ついたふゆみを家まで送る。手当てのためそのまま家に上がるが、ふゆみに誘惑される。ふゆみには、夫のテツが最近構ってくれない寂しさがあった。ちせのことを想うシュウジは、何もせず立ち去るのだった。

翌日、シュウジはちせを自宅へ招待する。いい雰囲気になるが、またしてもスクランブルが。そんな状況に苛立つシュウジ。思わず、ふゆみの家へ行ってしまう。そして再びふゆみの誘惑が…「なぜ、いつもちせを傷つけることしかできないんだ!」とシュウジは涙を流す。

そんなシュウジは、日曜にちせを水族館のデートに誘った。やっとできたデートらしいデートに、ちせは喜んだ。しかしその日は、ふたりの最後のデートだった。

Column.10 シュウジの家のゲーム機

言わずと知れた、ソニー・コンピュータエンタテインメントのプレイステーション。1994年12月に発売された初期型だ。現在は生産終了し、今までのプレイステーションを1/3程度に小型化した「PS one」というハードが発売されている。

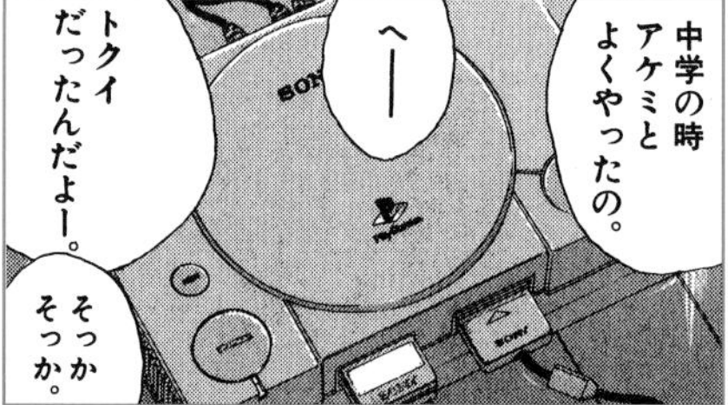

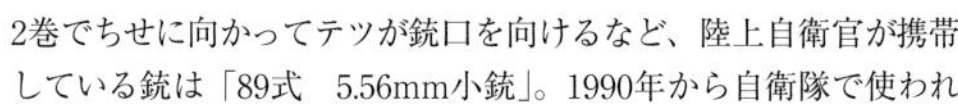

Column.11 自衛隊の小銃

2巻でちせに向かってテツが銃口を向けるなど、陸上自衛官が携帯している銃は「89式　5.56mm小銃」。1990年から自衛隊で使われている、最新式ライフルだ。3.5kgと軽量で、分解結合が容易にできる。固定銃床型のノーマルタイプと、折り曲げ銃床の2タイプがある。

Column.12 丘の上から見る水族館

小樽の観光名所として有名な、おたる水族館がモデルになっていると思われる。ここは、1963年から人気を博している巨大トドのダイビングショーが有名。他にもバンドウイルカやペンギン、アザラシ、オットセイと、様々な海獣ショーも観られる。営業期間は毎年3月末から11月末まで。

強大な力を持ったちせと、無力さに苛立つシュウジ

傷ついた兵士たちが集まるアーケードへ来たちせ。テツたちと打ち明け話をする中、敵の襲来を感知し、兵器として本能的に攻撃を開始した。気がついたとき、ちせの強烈な力によって街は消え去っていた。兵器として、壊すことしかできない自分に絶望し、ちせはテツたちの前で泣き崩れた。

一方のシュウジは、ふゆみ先輩の家へ行ったことを後悔しながら、学校でちせを見守る日々。ある日の授業中、学校を大きな地震が襲う。その地震を直前に予知し、様子がおかしくなったちせをシュウジは廊下へ連れ出す。ちせの体の武器が作動し、破壊される学校。何もできないシュウジは、ただちせを抱きしめるのみ。

地震が去った後、ちせはすぐに自衛隊の元へ行ってしまう。呆然と見送るシュウジ。周りはどんどん変わっていくのに、自分は…と、どんどん孤独感が増幅していく。先生や、アケミとも衝突してしまうなど、シュウジは苛立っていく。そして気がつくと、そこはふゆみ先輩の家だった。

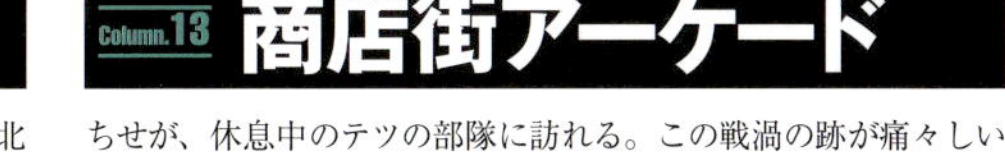

Column.13 商店街アーケード

ちせが、休息中のテツの部隊に訪れる。この戦渦の跡が痛々しい商店街は、東京・杉並区にある荻窪駅前のアーケード商店街がモデルになっているものと思われる。ということは、後に焼け野原になってしまうのは杉並区一帯ということに…?

Column.14 シュウジたちの学校

地獄坂の周辺にあるということに加え、校舎の外観から察するに、シュウジの通う高校は、小樽市内にある北海道小樽商業高校がモデルになっていると思われる。商業科と情報処理科の2学科が設置され、生徒数は552人。2003年には設立90周年を迎える名門だ。

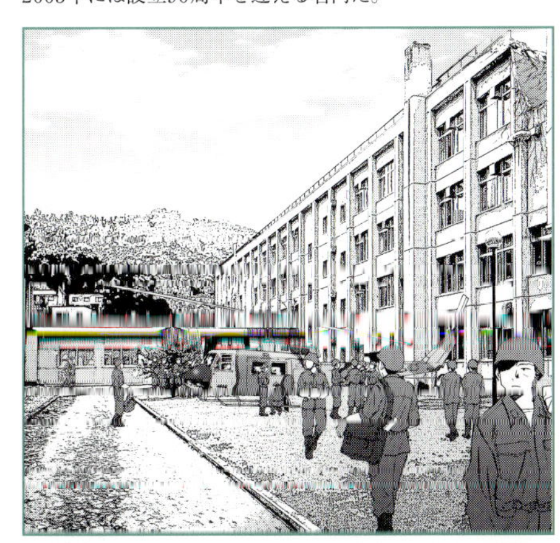

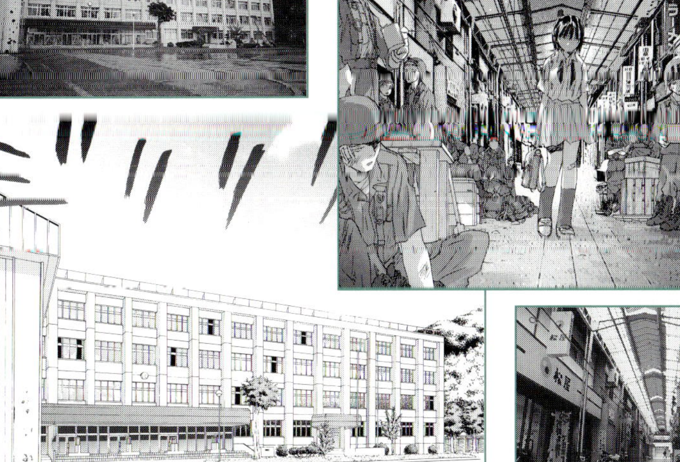

Column.15 校舎前のヘリコプター

学校前に留まっている自衛隊のヘリコプターは、通称「ひよどり」と呼ばれる、UH-1Hという型番のもの。1973年から自衛隊に導入され、阪神大震災のときにも活躍した。運転席2名他、11名の乗員で、機体の全長は17.40mm。機体は富士重工が製作している。

この星で

この星で

ふたり

ふたり

怖いんだ、あたし……
終わっちゃう。
こっ…恋をしなくなったら、あたし、どうなっちゃうんかなぁ?
シュウちゃん!

ふゆみ先輩といたんだ。
……クラスメイトにもどろう?

戻れるわけ、ねーだろ、ちくしょおおっ!!

晩秋

クラスメイトに戻ろう、そう決意するシュウジとちせ

戦渦の傷跡が残る住宅地を歩くテツ。そこには、致命傷を負った部下のナカムラが倒れていた。瀕死のナカムラは、現世の未練を切々と語る。こんな風に終わってしまう悲しみ、苦しみ。その思いを静かに聞きながら、テツは銃口を向け、ナカムラに止めを刺した──。

シュウジと展望台で会う約束を守るため、1人で夜の展望台へ向かうちせ。しかし、スクランブル状態の今、ちせの出動を待つ自衛隊の面々が迫る。隊の命令を無視し展望台に向かうが、シュウジの姿はなかった。誰もいない展望台で、シュウジの到着を待つちせ。ふと気がつくと、隣にシュウジの姿が。彼の心臓の鼓動を聞きながら、ちせは思わず泣いた。シュウジはふゆみ先輩と一緒にいたことを白状するなど、不器用な会話が続く。そしてふたりが出した結論は、クラスメイトに戻る、すなわち別れるということだった。お互いがこれ以上苦しまないように。

しかし別れたにも関わらず、シュウジもちせも、お互いを忘れられない。まだ恋をしている──。

Column.16 テツとナカムラのいる街

テツ二尉が瀕死のナカムラを発見する街は、川崎市宮前区にある住宅街がモデルであると推測される。なぜナカムラとテツがこの場所にいるのかは謎。ちなみに高橋しん先生の事務所がこの近くに存在するのだが、果たして偶然の一致なのだろうか…?

Column.17 拳銃

テツがナカムラに銃口を向ける銃だが、これは自衛隊で実際に使われている9mm拳銃。指揮官や砲手などが自衛用として装備するタイプで、小型、軽量化を目標に作られたものだ。重量は弾倉付きで830g。自衛隊には、1982年から導入されている。

Column.18 戦車

あー、ちせちゃん、今度は大阪に来たってやー。待っとるでー。
……ついてけんわ。

廃墟になった大阪を背景に停車する、ちせの絵が描かれた戦車。この戦車は、自衛隊に1990年から採用されている90式戦車だ。現代の戦車としては大型・高性能で、重量は50t。車体と砲塔の前面には防弾鋼板とセラミックが組み合わされた複合装甲が採用されている。

別れたはずなのに、想いを消すことのできないふたり

ちせが出撃中のある日。シュウジは、クラスメイトのアッシが学校を辞め、自衛隊入りの決意をしていることを知り驚く。それは好きな人を守るため。その夜、シュウジとアッシは街の上空での空中戦を目撃する。あれは、ちせがやったことなのか？　雨の中、帰路につくシュウジの前に突然、ちせが現れた。思わず抱き合うが、お互いうまく言葉を交わせないまま別れた。

後日、学校でのふたり。未練がありつつも、別れたことになっているため、あえてお互いを無視。シュウジは幼なじみのアケミに、そんな辛い状況を打ち明けもした。その日の下校途中、シュウジは捨て猫の箱を眺めているちせを見つけた。寂しそうにしながらもちせは「こんな女でも好きかい？」と問う。素直に「好きだ」と答えるシュウジ。いったんその場を離れるシュウジだが、戻って来ると、手紙を残してちせは消えていた。雪が積もった翌日、ちせは学校を休んだ。そして、彼女はもう、二度と学校へ来ることはなかった。

Column.21 階級章について

杜の都・仙台で展開する第七章では、ちせをはじめ、制服姿の自衛隊員が多数見られる。この制服の肩、または襟（陸士は、左腕部）に着いている「階級章」で、自衛官の階級を読みとってみよう。陸上自衛隊の階級だが、細かく18階級あり、大きく呼称で分けると「陸士」「陸曹」「陸尉」「陸佐」「陸将」の順で偉くなる。ちせは横棒の上に星3つの階級章なので、陸尉の中で最も位の高い「一等陸尉」。アッシたちの階級章は、V字の線の上に星が1つの「一等陸士」のもの。他、ちせの周りのスタッフでも「一等陸士」だったりするので、ちせがかなり上位の階級にあることがわかる。

Column.20 缶コーヒー

シュウジがアッシと一緒に飲む缶コーヒーは、キリンビバレッジの「直火珈琲ＦＩＲＥ（ファイア）」。現在も発売中の人気ブランドだが、缶のデザインは現在と若干異なる、1999年発売当時のもの。ちなみに北海道限定の「ミルクテイスト」という種類も発売中。

Column.19 洗濯機付きの軍用車両

一見、架空の存在に見える珍しい車両だが、これも自衛隊で実際に運用されている「野外洗濯セット2型」という軍用車両。全自動洗濯機と乾燥機、発電器等をトレーラーに搭載し、野外において一時間に作業服約40着を洗濯できる。通常、73式大型トラックでけん引する。

「さよなら」

初冬

仙台の地でクラスメイトのちせとアツシがニアミスする

仙台。東北道を走るトラックの荷台で揺られているアツシ。自衛隊員としての初任務に不安を覚えつつ、任務地の仙台へ向かっていた。また自衛官たちから「死神」と呼ばれているちせも、任務のため仙台へ降りて来た。その目は、完全に戦闘マシーンとしての無機質な暗さを帯びていた。

ちせは上官から、新兵たちへの訓辞を要請される。しかしアツシは、臨時営舎となっている仙台駅の地下で道に迷い、集合時間に遅れ、訓辞に間に合わなかった。結局アツシは、上官である「ちせ」が、自分のクラスメイトであるということを知らないまま。他の兵隊たちは口々に「ちせ」という名を呼んでいるが、彼だけは「ちせ」って何なんだ…と思っていた。

自衛隊の上官たちから、仙台のホテルに待機を命じられたちせ。戦況が変わっての判断だが、しかし、ちせの戦闘意欲は以前にも増して高まっている。戦いたいという欲求が満たされることなく、ホテルの一室で呆然とするちせ。

一方、学校に通うシュウジだが、戦時中なだけに、いつも早退を繰り返している。アケミと一緒に、戦場でいつ死ぬかもわからないアツシやちせの心配をするのだった。

ふゆみの夫であるテツも、アツシと同じ部隊で仙台の任務に就いていた。ある日の夜勤中、教会の前を通りかかると、入り口の前で泣き暮れているちせを見かける。ちせは思わず、テツとの再会にまた涙し、テツの胸に顔を埋めるのだった。

Column.22 アツシがトラックで走る道路

作品内ではっきり「仙台」と明記されている土地だが、風景や標識などから判断して、仙台市泉区、地下鉄八乙女駅付近の道路だと思われる。ちなみにアツシらが揺られているトラックは、陸上自衛隊の73式中型トラック。積載量2tで、トヨタ自動車が製作した車両だ。

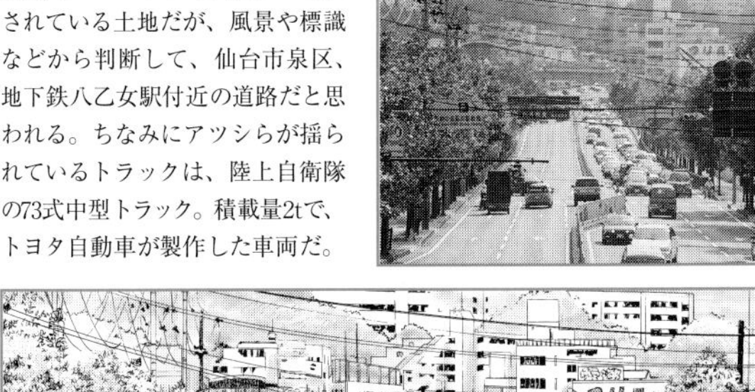

Column.23 兵士が持つ小銃

アツシたちが抱えている銃だが、これは前に登場したものとは型が違う、自衛隊の64式　7.62mm小銃。89式よりも型が古い、1964年から使われている国産銃だ。23万丁以上も生産され、まだまだ地方部隊では現役で使われている。

Column.24 仙台駅地下

アツシが道に迷っている地下道だが、やはり仙台駅に直結した地下道であると推測される。また、これ以外にも登場するさまざまな風景も、かなり仙台駅周辺が忠実に再現されている。

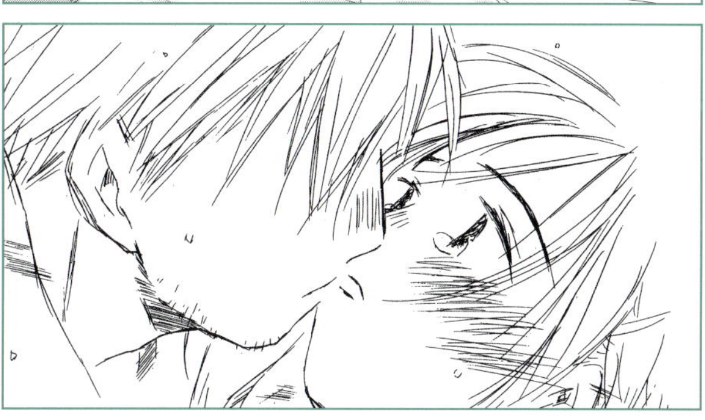

久々に再会したちせとテツ。ふたりだけの1日を過ごす

ちせが目を覚ますと、そこはベッドの上。横には銃を抱えたテツが座っており、ここがテツの「隠れ家」だということを知る。意外な展開に驚くちせだが、テツのほうは淡々としたもの。その日は結局、テツとちせは一緒に行動することとなった。

まずはコンビニへ行き、勝手に壁面へ穴を開け、カップラーメンを入手。腹ごしらえをした後、テツはちせにショッピングに行こうと提案する。緊急任務と偽ってパトロール中の自衛官からバイクを手に入れ、郊外のデパートへ。服売り場に入り込み、ふたりはまるでデートのように服を物色するのだった。

着替えを楽しんでいる最中、急に背中からミサイルがあふれ出し、パニック状態に陥ってしまうちせ。テツは様子がおかしいちせを思わず抱き留め、思わず唇を重ねてしまう。その後、気まずい空気が流れるも、ふたりの仲は急速に縮まっていった。

日も暮れ、ガス欠になったバイクを押しながら東北道の帰り道を歩くふたり。「また遊ぼう」というテツに、ちせは涙をこぼしながら、「そんな約束…もういやだよ！」と約束を拒んだ。それは、この平和な状態があと3日ほどしか続かないと、兵器としての研ぎ澄まされた感覚で知覚しているから。次の約束をしても、果たされることがないかもしれないのだ。

そして、テツに向かって敬礼をしながら、「まだ、帰りたくないです…」と言ってしまうちせだった——。

Column.25 仙台市内の教会

印象的なたたずまいを見せる建物だが、仙台市青葉区国分町に実在する、仙台基督教会（日本聖公会）がモデルではないかと思われる。
ちなみに日本聖公会は、世界で3番目に大きな伝統的キリスト教会で、全国各地に多数の教区・教会が展開されている。

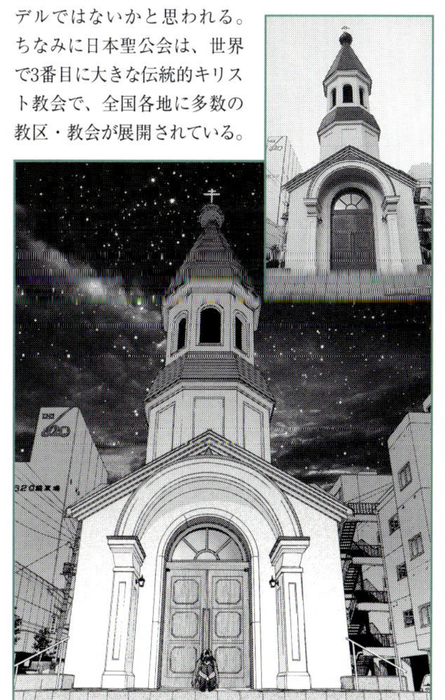

Column.26 2人が食べるカップラーメン

両方とも日清食品の人気商品。「麺の達人」は、味のほうは不明だが、「すみれ」の正式名は「名店仕込み自慢の味　すみれ　濃厚みそ味」。1999年当時は、コンビニ・セブンイレブンでの限定品だった。両方とも、現在はパッケージデザインがリニューアルされている。

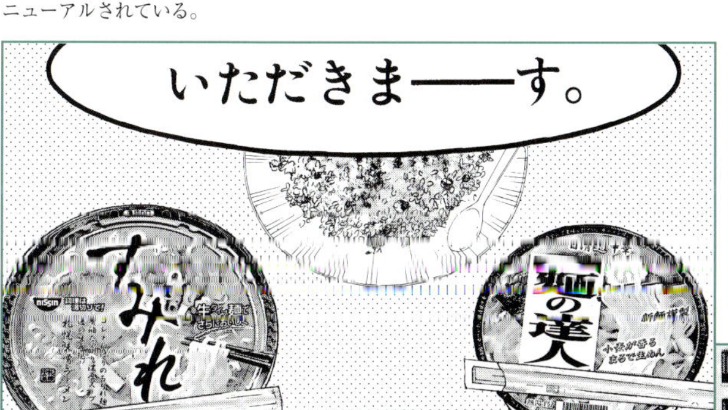

Column.27 軍用バイク

この偵察用オートバイだが、実際に長い間、陸上自衛隊の偵察部隊が使用しているもの。250ccの4サイクル単気筒エンジンを搭載した、ホンダのオフロードバイクXLR250Rだ。前後にガードが取り付けられ、右の側面には無線機用のラックが用意されている。

「さよなら」

さよなら

初冬

ついに抱き合うちせとテツ。そして息絶えてしまうアケミ

ちせは、またしてもテツの隠れ家で夜を過ごすことに。しかし今度は、ほとんど恋人同士のような雰囲気で。仲良くラーメンを食べ終えた後、ふたりはそのままキス。「…いいのか?」テツの問いに、「どうせせんぱい、死んじゃう人でしょや?」とちせは冷酷に言い放った。

テツに抱かれるちせだが、嗚咽を漏らし「これって恋ですよね?」とテツに問う。嘘がつけないテツ。結局ちせは、シュウジへの想いをテツにうち明けてしまう。ちせとシュウジの不器用な関係を冷静に受け止め、テツは行為を途中で止めた。そして帰るように促し、「今度ここで会うときは、死ぬときだ。」と言って、手を振るのだった。

大量の買い物袋を提げ、仙台のホテルへ帰って来たちせ。メンテナンスをほったらかしていたため、すぐに倒れてしまった。

一方、北海道ではこの日、大きな地震が起こっていたのだ。シュウジの街の住宅は倒壊し、甚大な被害が出ていた。負傷した母親をおぶって病院へ行くシュウジ。その帰り、アケミの妹サトミが「おねーちゃんが呼んでるから」と深刻な顔でやって来た。嫌な予感がするシュウジ。

アケミの家へ駆けつけると、そこには大怪我をし、瀕死のアケミが横たわっていた。アケミは、今まで隠していたシュウジへの愛情や、アツシに抱かれたことなどを告白する。シュウジの腕に抱かれ、死にたくないと叫びながら、アケミはとうとう息絶えてしまった。

Column.29 ミサイル

ちせの背中から出てくるミサイルだが、形状から見て実在しない。デザインは、旧ソ連で開発されたコロムナKBMイグラ1および、コロムナKBMストレラ3というミサイルを部分的に参考にしていると思われる。

Column.28 仙台のデパート

テツとちせが買い物に訪れるデパートは、仙台市泉区にある「ＳＥＬＶＡ（セルバ）」だと推測される。ファッションや雑貨など、80の専門店が入った大型ショッピングプラザだ。地下鉄南北戦・泉中央駅のそばに位置し、この南側には仙台スタジアムもある。

Column.30 隠れ家で食べるカップラーメン

テツとちせが隠れ家で食べるカップラーメンは、カネボウフーズより2000年10月に発売された「横浜家系ラーメン　豚骨しょうゆ味」。麺はノンフライ麺で、横浜の名店「吉村屋」の味を再現するご当地ラーメンとして発売された。現在は生産されていない。

ついに仙台で戦闘が始まり、ちせはテツを失ってしまう

依然として昏睡状態のちせ。しかし、間もなく戦闘が始まることを予期した本能のためか、ちせはいきなりベッドから起き上がった。

そして平和な時が流れていた仙台に突然、敵機のミサイル、そして敵兵の銃撃が襲いかかった。次々に死んでいく仲間たち。テツもその中で致命的な怪我を負い、死期を悟って自分の隠れ家へ向かった。ドアを開けると、そこには敵兵が潜んでいた!

復活したちせは、仙台をその圧倒的な能力で破壊し始める。やがてちせは、テツの姿を追って隠れ家であるアパートへ向かった。するとそこには、敵兵との撃ち合いの結果、血まみれになった瀕死のテツがいた。ちせが来たということがわからず、「殺してくれ、ふゆみ」と虫の息で叫ぶテツ。ちせはふゆみを演じてテツに話しかける。そして自分の名前を呼んでもらえなかったことを寂しく思いながら、息絶えたテツを抱いて泣くのだった。

そんなテツの死を乗り越え、ちせは司令官たちの前に降り立った。「そろそろ、あたしの出番でしょや?」そう言い、仙台の街をその力で一瞬のうちに消し去ってしまうのだった——。

Column.31 仙台のホテル

ちせが宿泊するホテルだが、仙台に実在する、ホテルメトロポリタン仙台がモデルだと思われる。JR仙台駅に隣接し、地下鉄も乗り入れていて、仙台観光には絶好の位置。客室総数は300もあり、7つのレストラン、大小10の宴会場など設備も充実している。

Column.32 仙台駅

突然の爆撃を受け、無惨な姿になってしまうJR仙台駅。「杜の都」仙台市の玄関とも言える場所で、行政機関や大手オフィスが集中する都心部に位置する。東北、秋田の2つの新幹線の他、東北本線、常磐線、仙石線、仙山線の6路線が通っている。

Column.33 マシンガンの暗視装置、敵兵が持つ銃

テツが構える小銃に装備されているのは、自衛隊の夜間射撃用の暗視装置。75式 照準用暗視装置II型だ。また、隠れ家に潜む敵兵が持つ銃は、オーストリアの世界的ガンメーカー、ステアー社(KSC)の特殊部隊用サブマシンガン、TMP(タクティカル・マシン・ピストル)がモデル。

クラスメイト

クラスメイト

晩冬

文化祭の夜、ちせと再会。そしてふゆみ先輩との別れ

シュウジの学校では、念願の文化祭が執り行われ、最終日を迎えていた。シュウジは、教室で後輩たちが楽しむ姿を温かく見守っていた。しかしある予感がして、キャンプファイヤーの前へ駆けつけると、そこには制服姿のちせが。久しぶりの再会。ちせは自衛隊の監視下から逃げて来たのだった。シュウジが寝てしまったあと、ちせはこっそりとふゆみの家へ行き、玄関前にテツの戦死を告げる手紙を置いて来た。

　気がついたらちせが消え、夢かと思うシュウジ。そしてちせを追う自衛隊のカワハラと遭遇。苦悩しているシュウジの前に「テツが死んだ」とつぶやいて、ふゆみが教室に入って来る。悲しみを癒してもらいたいため、再びシュウジに迫るも、先輩は自分には守れないとシュウジは拒絶。ふゆみはシュウジから去って行った。

　朝日に照らされる校舎の前で、シュウジとちせは改めて再会した。お互いに吹っ切れた様子。お互い、別々の地でいろいろなことを経験した。何も言葉は交わさなくても、信じ合える。手を繋ぎ、ふたりで街を出て行くのだった。

Column.34 ふゆみの家

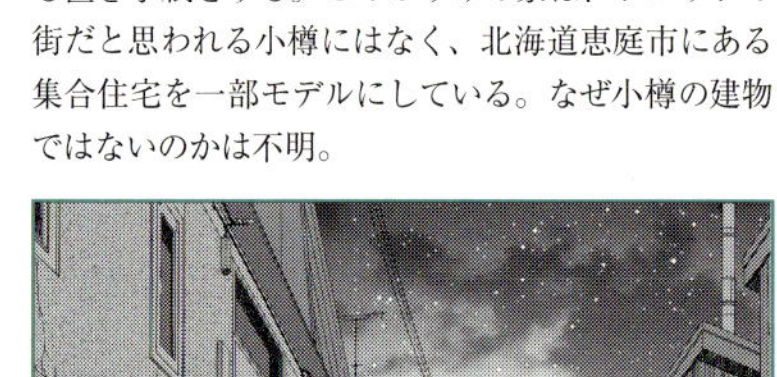

ちせがふゆみの家へ行き、玄関前にテツの死を告げる置き手紙をする。このふゆみの家は、シュウジの街だと思われる小樽にはなく、北海道恵庭市にある集合住宅を一部モデルにしている。なぜ小樽の建物ではないのかは不明。

Column.35 ラーメン屋

シュウジとちせが駆け落ちして港町へ流れ着く。ここでちせがアルバイトをすることになるラーメン屋だが、北海道登別市に実在する食堂がモデルになっている。登別は海に面しており、作中の港町は、この街がモデルになっていると思われる。

Column.36 袋ラーメン

ラーメン屋のオヤジがおもむろに袋を開けるインスタント麺は、サンヨー食品の「サッポロ一番・みそラーメン」。昭和43年から30年以上も愛されているロングセラー商品だ。サッポロ一番ブランドはみその他にも、塩、しょうゆ、ごま味、とんこつ、こくしょうゆと種類も豊富。

ちせとシュウジの逃避行、夫婦のような日々を過ごす

自衛隊に追われながらも、北海道を逃げ回るシュウジとちせ。ふたりはまるで駆け落ちした夫婦のように振る舞いながら、ヒッチハイクで無人の街へ到着した。デパートの寝具売り場で、初めてふたりきりの一夜を過ごすが、セックスは最後までできずじまい。

やがてふたりは、人々がたくさん暮らす港町にたどり着いた。そしてラーメン屋の前へ。ちせはそこのマスターに気に入られ、店員として働くことになった。街には活気があり、ふたりはここなら…としばらく滞在することを決めた。苦労して漁協の仕事を見つけるシュウジだが、思ったように収入は得られず、自分のふがいなさに悔しい思いばかりがつのる。そんなシュウジを笑顔で元気づけるちせ。彼女が一緒にいれば、すべてが救われる。ふたりはお互いの時間をたくさん共有し、夫婦のような生活を満喫する。

そんな幸福感いっぱいの日々だったが、ある日ちせは、力無く倒れ込んでしまった。そしてシュウジの前に現れたカワハラ。「彼女を救えるのは、戦争だけです。」とシュウジに告げるのだった。

ある日、ラーメン屋のマスターがラジオをつけると、そこからなぜか「ラブソング」が流れてきた。そして平和な日々は突然、終焉を迎える。敵からの容赦ない攻撃が港町を襲った。激しい爆撃にさらされ、死んでいく人々。ちせの元へ駆けていくシュウジ。駅舎を覗くと、ちせはおぞましい戦闘モードに変形しかけていた。

Column.37 港町の漁港

シュウジとちせがつかの間の同棲生活をおくる港町。シュウジが働く港の雰囲気は、神奈川県横須賀市にある長井漁港がモデルになっているようだ。長井漁港は三浦半島の相模湾に面し、近くの堤防では、磯釣りを楽しむ人も多い。

Column.38 バイク

シュウジが漁港仲間から譲り受けるバイクは、1960年代に発売された、カワサキ650-W1（ダブルワン）スペシャル。古い車種なので現在は生産されていないが、デザイン面では現行のW650に受け継がれている。

Column.39 CDミニコンポ

ラーメン屋に置いてあるアイワ製のミニコンポ。型番は、1999年に発売されたXG-S111であると推測される。CD3枚オートチェンジャーにWカセットデッキが搭載されたモデル。当時の価格は22000円。現在は入手不可能な機種である。

ラブ・ソング

ラブ・ソング

早春

「シュウちゃんのこっこがほしいよぉ…」
ちせは、まだ、生きています。
生きてます。
感じてる真似なんか、もう、しなくていいんだぞ。

港町を去ったシュウジ、故郷の展望台でちせと再会

敵の爆撃から一夜明け、廃墟と化した港町。ちせの様子は落ち着いたが、衰弱し会話すらできない状態に。甲斐甲斐しく世話をするシュウジ。間もなく訪れるであろう彼女の死を受け入れようとしていたシュウジだが、またしてもちせの体に異変が。過去の会話をなぞるような、妙な言動。一体、何が起こったのか。そんな状況がいたたまれず、シュウジは衝動的にちせを抱き上げ、豪雨の中、カワハラにその小さな体を渡してしまう。深い罪の意識を感じながら。シュウジは泣き崩れた。

港町から去ったシュウジは、何日もかけ、人々が口にする「ちせの街」を目指した。たどり着いたのは、両親が待つ故郷の街だった。しばらくは陸上部を指導したり、畑仕事などをしてシュウジは過ごした。しかし、ちせの交換日記に書いてあった、「初めてキスしたあの場所へ来て欲しい」とのメッセージを心に刻み、シュウジは展望台へ向かった。そこには「あの日」からのすべての感情が綴られた、ちせの交換日記が置いてあった。何時間もかけ、読みふけるシュウジ。

ふと、空から舞い降りて来たちせ。しかし、それはちせの体を借りた別人として、ちぐはぐな言葉を発するのみ。しかしシュウジの想いは強く、彼女を抱き寄せ…ついに交わる。それは結果のない空虚なもの。さまざまな想いを胸に、シュウジはちせを抱き続けた。何度もお互いを慰め合う。朝が来ても、まどろみながら、何度も何度も。

「——その名はヘブライ語でアバドン。ギリシア語でアポリュオン…」

ハハハ、ニホンゴでCHI-SEちゃん！

「第一の災いは終わった」

Column.40 港町の駅

ちせとシュウジが仮住まいにする駅舎だが、外観や内装から鑑みて、北海道士別市のJR士別駅がモデルであると推測される。ちなみに駅周辺の郵便局、銭湯、ガソリンスタンドがある街並みも、士別市内の風景に酷似している。

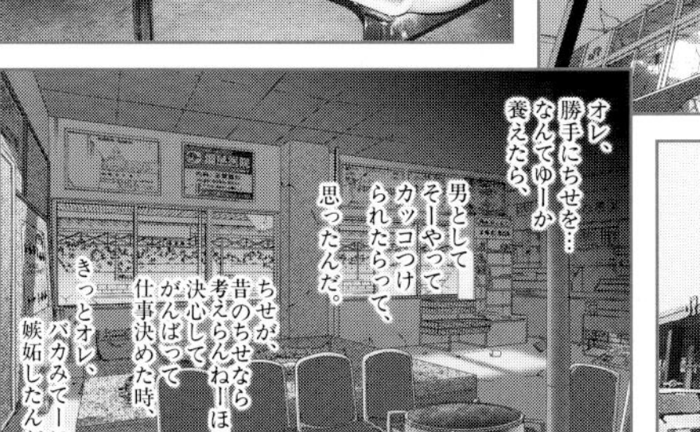

オレ、勝手にちせを…なんてゆーか養えたら、
男としてそーやってカッコつけられたらって、思ったんだ。
ちせが、昔のちせなら考えらんねーほどに決心してがんばって仕事決めた時、
きっとオレ、バカみてーに嫉妬したんだ…

Column.41 外国人兵士が口にするビール

ちょっと変わった形のビールだが、これはサッポロビールの「サッポロ生ビール 黒ラベル ショットボトル」。ショットボトルとはアルミをボトル状にし、スクリューキャップを採用したもので、容量は450ml。2000年4月から発売されている。

赤い夕焼けを合図に、この星の終わりがやって来た

やがてちせは立ち上がり、服を着る。人を殺す兵器として、仕事へ戻るために。いつの間にかちせは消え、長い置き手紙を残していった。それは、地球が終焉を迎えるという予告だった。「ぼくに何ができる？」答えの出ない思いをめぐらせ、展望台の上で朝を迎えたシュウジ。

ものすごく赤い朝焼けを見て、これはちせの手紙にあった「終わりの合図」だと気づき、思わず走り出すシュウジ。まず実家へ帰り、両親に別れを告げた。そして豪雨の中、再び展望台へ。「この星が終わるときにこの場所に来て下さい。」と、手紙に書いてあったのだ。必死に約束の地へ向かうが、そこはもう——。

そして誰一人いない世界が広がっていた。目の前に「船」が現れ、シュウジは覚悟し乗り込む。そこはちせの中。最後に残ったのは「言葉」。それでもシュウジは「彼女」だと感じる。気がつくと、船は地球を離れた。ちせは人類を消し去り、記憶し、その罪を背負い、命が尽きるまで償い続ける。シュウジは「彼氏」として、寄り添い、生きていこうと心に誓う——。

Column.43 ゲーム機

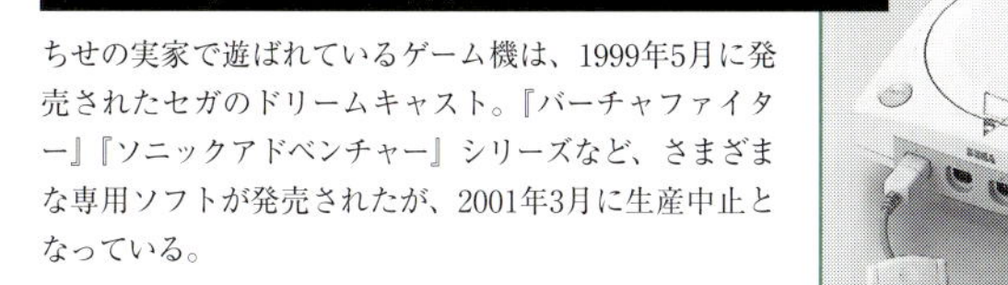

ちせの実家で遊ばれているゲーム機は、1999年5月に発売されたセガのドリームキャスト。『バーチャファイター』『ソニックアドベンチャー』シリーズなど、さまざまな専用ソフトが発売されたが、2001年3月に生産中止となっている。

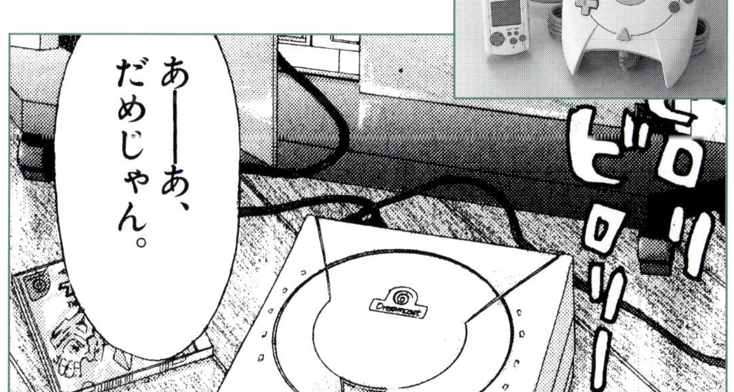

Column.42 学校に駐留している自走砲

自衛隊で実際に運用されている87式自走高射機関砲で、局地防衛に使われるタイプ。乗員は3名で、重量は約38t。35mmの二連装高射機関砲を2つ装備している。陸上自衛隊には1987年から導入されている。

Column.44 外国軍のマシンガン

ここで使われるマシンガンは2種類あり、どちらも米軍で実戦用に使用されている。多弾数のマガジンが付いているマシンガンは、アングス製のMINIMI（ミニミ） M249。ライフル状のものが、M16A2という型番のもので、口径は5.56mm、装弾数は30発。

124.「最終兵器彼女」（ビッグコミックスピリッツ・2000年42号作中カット）

「最終兵器彼女」初期設定集

『最終兵器彼女』に限らずすべてのコミック作品は連載に至るまでに数多くのスケッチが繰り返される。ここでは、高橋しんの手によって試行錯誤されたそんなスケッチの一部を紹介しよう。また、歴代担当編集者による裏話も掲載。作品に対する様々な思惑が読み取れるはずだ。

ちせ

自分の意志とは関係なく最終兵器にされるという数奇な運命を背負わされたヒロイン・ちせ。そんなちせのイメージは終始一貫している。

高橋しんによって書かれた「言葉」と、巨大になったちせとシュウジの一場面。その詩的な表現は、心に響く。

飛行するちせ。強さと美しさを兼ね備えたビジュアルだ。

眼鏡をかけたちせの姿も、初期にはかなり大量にスケッチされた。

三つ編みのパターンも作られたちせ。頬の絆創膏はドジっ子の記号。

あの頃僕らは熱かった!!

作品作りは作家と編集者の共同作業と言われるが、ここでは歴代担当編集者が『最終兵器彼女』連載当時の熱き戦いを本音トーク!! 思わぬ裏話も飛び出すかも!?

▶▶▶堀
現スピリッツ担当
堀 靖樹

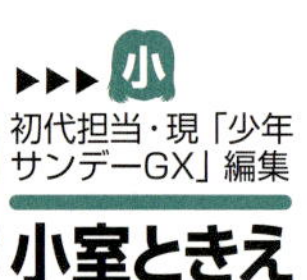

▶▶▶小
初代担当・現「少年サンデーGX」編集
小室ときえ

「この整合性、どうやって取るの!?」

堀 『最終兵器彼女』の連載が始まった時、最初は何のバックボーンもなしに単なる読者として絵を見て「戦う美少女モノかな?」って思ったよ。

小 私が先生のこれらのスケッチを初めて見た時は「鋼の翼を持った天使」だと思いましたね。コミックス第2集の中で、英語圏の兵士が死に瀕している時、ちせを見て「あれはなんだ?」「女神だ」って言ってるでしょう。

堀 僕は結構SF好きだから「これは何で、どういう意味があって」みたいに考えちゃうんだよな。僕の勝手な解釈では、ちせの家は軍関係の家で、超未熟児で生まれたちせの命を救うという名目で処置をされてしまったの。で、彼女が成長するにつれて、何かが発育して行くんだけど、たまたま戦争という環境下に置かれて兵器なっちゃったというわけ。あともうひとつはちせのお母さんが宇宙人と会

中学時代のちせ。作品に登場した姿とは髪型もたたずまいも異なる。

最も初期に描かれたスケッチだが、大きな変更もなく、作品のキービジュアルとして登場している。

おさげ髪で、かつ背中に羽根の生えた、初期の貴重なスケッチ。

コミックス第1集用のイメージイラスト。持っているのは歯車だが、コンセプトは共通している。

作品には使われなかったシーン。撃たれるちせ。そして…!?

って、ちせを埋め込まれたというパターン(笑)。自分が担当することになって、一番最初に思ったことは「この整合性、どうやって取るの!?」(笑)ってことかな。

小 整合性に対するジレンマは、初期の頃、私にもありましたね。「先生、ここ、誰が侵略して来てるんですか?」とか聞いたこともあったけれど、「小室さん、恋愛モノなんですから」って先生はおっしゃって…。こういう設定って、突き詰めて行くと、確固たるデータが必要になって来るじゃないですか。でもその内、大切なのは恋愛の部分だということがすごく伝わって来て、「ええい、曖昧にしとけ!」なんて(笑)。細かい設定を曖昧にしといたほうが恋愛をもっと浮かび上がらせられるし。だから最初の内は「治るんじゃないか?」ってシュウジは聞くわけですよ。

「この話って、『難病モノ』のパターンなんだよ」

堀 結局この話って、病気の彼女を愛おしむ「難病モノ」のパターンなんだよな。言い方は悪いけど、難病の恋人との関係から身を引くに引けなくなるという…。

小 結局ちせとシュウジは逃げ出してしまうんだけれども、最終的には身体がもたなくなってしまう。そうなるとシュウジは自衛隊にちせを渡さなきゃいけなくなる。つまりそれって「病気の彼女」を治療するためには差し出さなきゃいけなくなるという状況なんですよ。

堀 そう。そうするとどこかに連れ去られちゃうから、触れることもできなくなる。イメージ的には終末医療みたいになってしまう。それがわかった時、初めて僕はこのストーリーの落としどころもわかったような気がした。

シュウジ

目つきの悪い少年・シュウジ。
プラモデル作りが趣味の少年・シュウジ。
作品にはほとんど現れていなかったが
設定段階では意外な情景もスケッチされていた。

ちせの変容を目の当たりにする場面。ニュース映像で見るパターンも試行錯誤された。

上から順にシュウジ案の変遷。微妙に見える年齢が違う。「目つきの悪い少年」というコンセプトは確実に守られてスケッチされている。

プラモデルに熱中するシュウジ。作品に出てこなかったが、体育会系なのにオタクっぽい一面もアリ?という設定。

「恋愛モノだというのが、だんだん認知されて来て…」

堀 それでもその後、僕はいつかチャンスを見つけて戦争のほうの考証を考えて、つじつまを合わせようと思っていたんだけど、作中の人物は誰もそんなこと気にしてないんだよ(笑)。連載当時、似たような展開の話があったり、テロが現実にあったりして、「作品の方向性に影響が出るか?」って心配しても、先生はいたって平然としてるの。そりゃ先生は主に恋愛を描いてるんから関係ないんだよな。だから、ちせとシュウジのカラミになると進行が遅い遅い(笑)。要するに17歳の男女が作中で何を話すかなんて考えてると、どんどん頭がそっちに切り替わっちゃって、現実の「締め切りを目の前にしてる30ン歳のまんが家」はどっか行っちゃうんだよ(笑)。それでもストーリーに説得力を持たせるためには、ある程度のリアリティは必要なわけで、いろんな資料はさがしたね。戦争中の「暮らしの手帖」っていう本がうちにあって、これが結構役に立った。一升瓶に米入れて突くとかね(笑)。

小 『いいひと。』で神戸編というのを3〜4話やったんだけど、先生と阪神淡路大震災2年後の神戸へ取材に行ってるんですよ。で、その時に「非常時にどうやって生き延びるか」みたいな本があって、それも役に立ってると思います。何よりも、地震という天変地異の中で生きていく人間達の姿を自分の目で確かめられた体験は、ある意味で『最終兵器彼女』のベースになってるんじゃないかって思いますね。その後も先生は、もう一度自分一人で復興の様子を見に行ってるんですよ。

ふゆみ

シュウジの心を乱すふゆみ先輩。彼女は作品に登場するまでに様々なイメージが試行錯誤された。

ふゆみの初期の頃のスケッチ。作品に登場したより、少し明るい性格だったようだ。

憂いを秘めた表情のふゆみ。表情も様々なパターンでスケッチされている。

あっけらかんと下着を脱ぐふゆみ。性に対してポジティブな性格だ。

初期のスケッチでは、やや年齢が上向きに感じられる。ちせとの対照を意識してのことか。

堀 連載当初は戦争についての読者からの意見も多かったんじゃないの?

小 初期の段階では、この兵器がどうのこうのとかという意見はたくさんいただきました。でもその内、戦争モノではなくて恋愛モノなんだというのが、だんだん認知されて来て…。

堀 恋愛まんがだとわかった段階で、軍事系の専門家からすると、ツッコミ甲斐が無くなったんだろうなぁ(笑)。SF的な解析も本当は無意味なんだよね。

「いい作品って言うのは、意外な偶発性が多い」

小 いろんな部分で作品に対して追い風が吹いていたような気はします。たとえば「ちせ」という名前も、最初は「チカ」だったんですよ。その後、最終的に「ちせ」になったんだけど、期せずして、まったく偶然、アイヌ語の「家」という意味があったりして…。

堀 それが偶然だったというのが驚きだよね。いい作品っていうのは、そういう偶発性が多かったりするものだけど。シンクロニシティっていうか…。

小 連載当時は世紀末のニオイがプンプンしていたから、ちょうど『20世紀少年』が始まったりして、他の作品とネタがかぶるのが怖かったですね。クリエイターの方向感覚ってどうしても時代に敏感になるじゃないですか。だから無意識にでも複数の作品のベクトルが合ったりしまうと雑誌的によろしくない。それだけは気をつけろと当時の編集長からも言われていたんです。でも、それはまったくの杞憂に終わりましたね。だって高橋先生は、そういうのとは無縁の、ある意味「究極の恋愛」を描きたかっただけですからね。

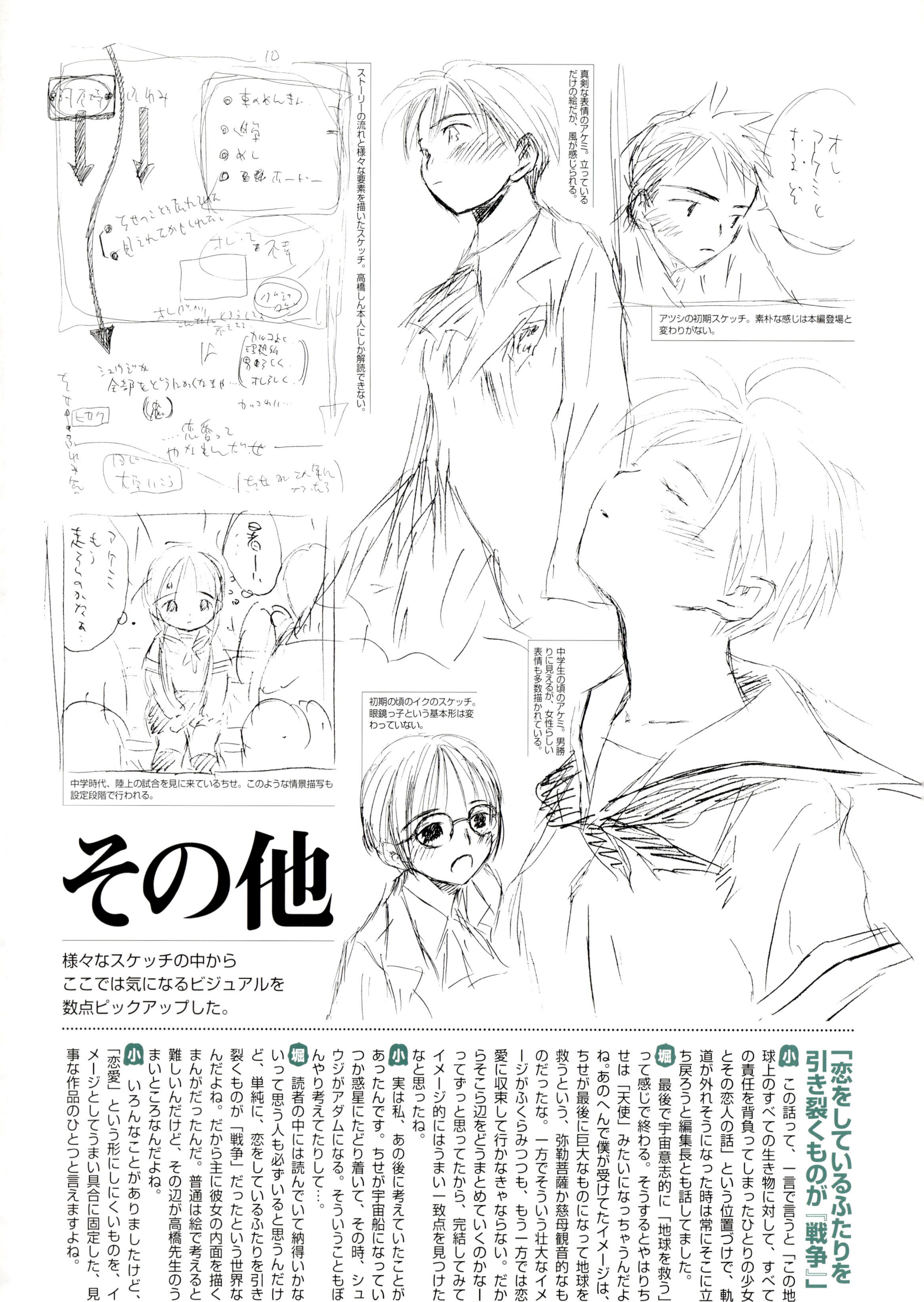

アツシの初期スケッチ。素朴な感じは本編登場と変わりがない。

真剣な表情のアケミ。立っているだけの絵だが、風が感じられる。

ストーリーの流れと様々な要素を描いたスケッチ。高橋しん本人にしか解読できない。

中学生の頃のアケミ。男勝りに見えるが、女性らしい表情も多数描かれている。

初期の頃のイクのスケッチ。眼鏡っ子という基本形は変わっていない。

中学時代、陸上の試合を見に来ているちせ。このような情景描写も設定段階で行われる。

その他

様々なスケッチの中から
ここでは気になるビジュアルを
数点ピックアップした。

「恋をしているふたりを引き裂くものが『戦争』」

小 この話って、一言で言うと「この地球上のすべての生き物に対して、すべての責任を背負ってしまったひとりの少女とその恋人の話」という位置づけで、軌道が外れそうになった時は常にそこに立ち戻ろうと編集長とも話してました。

堀 最後で宇宙意志的に「地球を救う」って感じで終わる。そうするとやはりちせは「天使」みたいになっちゃうんだよね。あのへんで僕が受けてたイメージは、ちせが最後に巨大なものになって地球を救うという、弥勒菩薩か慈母観音的なものだったな。一方でそういう壮大なイメージがふくらみつつも、もう一方では恋愛に収束して行かなきゃならない。だからそこら辺をどうまとめていくのかなーってずっと思ってたから、完結してみてイメージ的にはうまい一致点を見つけたなと思ったね。

小 実は私、あの後に考えていたことがあったんです。ちせが宇宙船になっていつか惑星にたどり着いて、その時、シュウジがアダムになる。そういうこともぼんやり考えてたりして…。

堀 読者の中には読んでいて納得いかないって思う人も必ずいると思うんだけど、単純に、恋をしているふたりを引き裂くものが「戦争」だったという世界なんだよね。だから主に彼女の内面を描くまんがだったんだ。普通は絵で考えると難しいんだけど、その辺が高橋先生のうまいところなんだよね。

小 いろんなことがありましたけど、「恋愛」という形にしにくいものを、イメージとしてうまい具合に固定した、見事な作品のひとつと言えますよね。

過去2年分のインタビュー記事を再録！
高橋しんが伝えてきたこと

まんが家・高橋しんが誕生して以来、さまざまな方面で作品や本人が注目されてきている。今回は『最終兵器彼女』連載開始以降に、高橋しんが発信したメッセージをあらためて再録。時間軸に沿って紹介していく。

「ナマズの巣」
小学館／2000年12月号

「ナマズの巣」は小学館が不定期で発行している無料のコミックガイドで、主に小学館発行のコミックスの紹介、最新刊の発売情報、また作家のインタビューや対談を掲載している。

2000年12月号では、「コミックス第3集発売記念・Featuring Shin Takahashi」と題し、巻頭から5ページに渡って、高橋しんのロングインタビューを掲載。さらにインタビューに続けて、第1集・第2章『「ごめんなさい」と彼女は』（全26ページ）を掲載している。

インタビューのなかで高橋しんは、『最終兵器彼女』の構想、執筆作業、ストーリー展開における苦労話や登場人物への想いについてコメントしているが、今回は構想までの流れと、作品の世界観、当時の『最終兵器彼女』に対する抱負等を紹介したい。

＊

『最終兵器彼女』の構想を思いついたのは、昨年（99年）の10月とか、その頃だったと思うんです。

たまたま電車の吊り広告を見ていた時に「最終兵器」という単語と「彼女が云々…」という単語を見つけて、ふたつ貼り合わせて、ぼやっと見てて…もし、自分の彼女が最終兵器になったらいやだよなぁって。それから、こんなこともあろうか、あんなこともあろうか、と考えていったら、これは話としてとても面白いんじゃないかと思ったんです。

その時、「彼女」の姿はビジュアル的、というよりイメージ的なものでした。コミックスの第1集で、主人公の「ちせ」が最終兵器彼女であるというシーンがありますが（図１）、実は、これがいちばん最初に思いついてラフに描いたものなんですよ。

（図１）最終兵器と化したちせが現れる衝撃のシーン。コミックス第１集P.61。

読者が「シュウジ」と一緒に想像していってくれれば…。

よく、『「ちせ」は何と戦っているんですか（図２）』という質問をいただくんですが、敵は敵、なんですね。高校生くらいの頃って、たとえば戦争が起きちゃったら、どのくらいのところまで事態を把握できるのかなって考えるんですよ。そういう立場を想像して、「シュウジ」の視点に立つと敵はあくまで「敵」、戦争は「戦争」でしかないかなと。ぼくは読者が「シュウジ」と一緒になって、いろんなキーワードが出てくるたびに、明確な言葉にはならなくても、どこかシナプスがつながってる、みたいな感覚で読んでもらえればいいなと思っています。描き手の側からこういう世界観ですよと提示する描き方もありますけど、この作品ではそれをやるのは野暮かな、と思います。

（図２）ちせが「何」と戦っているのかを示唆する重要な場面。コミックス第２集P.19。

これも無粋かもしれないので、連載のほうではあまり明示はしていないのですけど、この間、仙台へ取材に行きまして「この辺まで来ているよ」という風にはするつもりです。本当は仙台っていうのも明示しないでいこうと思っていたのですけど、担当さんが「仙台」って入れちゃったんで…。まあ、見る人が見れば、ひと目で仙台だとわかるんですけどね。

自衛隊の方から、「楽しく読んでます」と結構来ているんですよ。

今年（00年）の夏に、作品をチェックしていただいている自衛官の方に頼んで、自衛隊の取材をさせていただきました。自分のホームページも開いているのですが、そこでも自衛官の方から、楽しく読んでいますと結構来ているんですよ。だからそんなに問題ないかな、と。むしろ自衛官でない人のほうが詳しいこともあるので、文句があるかもしれませんけどね。

性的なことも今後描く上でのテーマになっています。

「ちせ」がどんどん進化してメカに近づいていくと、「シュウジ」とセックスができなくなるのでは？と思われている方もいらっしゃるかと思いますが、一応は、そういうところにいたるには間に合うと言ったらいいか…。ただ、それは果たして普通の男女として、初めてそういうことを迎えるにしても、肉体的な快楽があるのかどうかというのは…今後、描いていくつもりです。お楽しみに。

「月刊ぱふ」
（株）雑草社／2001年1月号

「ぱふ」はジャンルを問わず、まんが、アニメの情報を中心に取り上げ、新刊コミックスの発売リスト、各種イベントの日程、作家・声優インタビュー等を掲載している月刊誌である。

最近では2001年1月号、翌年2002年2月号に、『最終兵器彼女』についてのインタビューが掲載されている。はじめに2001年1月号のインタビューを紹介したい。

この時は、コミックスの第3集が発売になった直後。誌面では大きく兵器・「ちせ」の姿（図1）と茫然とする「シュウジ」（図3）が掲載された。

高橋しんはインタビューで構想や、週刊連載中の創意工夫についてコメントしているが、ここでは、連載第1回目の裏話、そして「シュウジ」と「ちせ」への思い入れについての部分を紹介する。

＊

（図3）ちせの変容を目の当たりにし、言葉を失うシュウジ…。「月刊ぱふ」より。

『最終兵器彼女』の連載1回目のことなんですが、作品タイトルをストーリー終盤（図4）まで、一切公表しませんでした（連載開始の予告でも秘密にしてあった）。『最終兵器彼女』というタイトルだけで、先入観を持たれたくなかったのと、白紙の状態で読者の皆さんに読んでもらいたかったんですね。それから、こういう誰もやらないようなバカバカしいことをやってみたかったんですよ（笑）。幸い編集部のほうでも了解してくださったんで、こういう形でやらせていただけて感謝してます。

（図4）ちせが「最終兵器」とわかるまで隠されていたタイトル。第1集P.64～65。

描きたかったのは、あくまでもラブストーリー。

描きたかったもの、みんなに見てもらいたかったものは、あくまで「シュウジ」と「ちせ」のふたりなんですね。戦争が起きて日本や世界がどうなっているのか、という興味もありますけど、それよりも「付き合うって、どうすりゃいいんだ?」なんて悩んでいるようなふたりが、こういう過酷な状況に陥った時に、どんな風に「付き合って」いくのか。どんな風にして「ふたりの恋」を実らせて、守って、確かなものにしていけるのか、そういうラブストーリーが描きたかったんです。

こういう男の子好きだな、それが「シュウジ」です。

「シュウジ」に関しては「男の子」が描きたかったんですね。『いいひと。』は会社が舞台でしたので、どうしても「おじさん」を描くことが多かったですから。自分なりに「学生の頃、こういうヤツいたよな」とか「こういう男の子、好きだな」と思うような男の子、というところから発想していきました。あと、僕は目つきの悪いキャラクターが好きなので、「シュウジ」は目つきを悪くしました。とにかく男の子っぽい男の子にしようと思って、実は「プラモデルを作るのが趣味」という設定があったりもするんです。展開上、まだ作品には登場していませんが、よく見ると部屋にガンダムのプラモデルが置いてあったりするんですよね（笑）。

「ちせ」はいつも困っているような女の子。

「ちせ」は、昔から僕が描いている女の子の延長線上でしょうか。考えたのは「いつも困っているような女の子」です。ちょっと下がり眉毛で、友達と一緒に歩いている時は半歩後ろ、みたいなイメージ。ちせに限らず、女の子のキャラクターを描くときは、あまり厳密に設定を決めないんです。自分が男で、女の子のことは本当によくわからないので、あくまで「こういう時に、こうしてくれると可愛いなあ」という自分の好みで描いています。

「月刊日経クリック」
日経BP社／2001年3月号

週刊誌連載は時間との戦い。作画にパソコンを導入し、スピードアップを図っている高橋しんの仕事風景が紹介されたのは、2001年3月号の「日経クリック」である。

「日経クリック」は、ユーザーが快適にパソコンを使いこなし、スキルをアップさせるための特集を多数企画。また、トラブル解消の方法を紹介するなど、さまざまな角度からユーザーに情報を提供するパソコン雑誌のひとつである。

今回掲載するのは、『あこがれのプロ御用達アイテムに大接近!』のコーナー。ここでは高橋しんが実際に作画して、「日経クリック」読者に、作品完成にいたるまでの行程、使用しているマシンやソフトを紹介している。ここでは掲載された高橋しんのコメントの一部と、実際の誌面を紹介したい。

＊

まず、スキャナで写真を取り込みます。今回使う写真は、中華料理店の前の路上写真です。スキャンできたら、まんがの背景用にPhotoshopで加工します。あらかじめ取り込んである空の写真と合成して、コマの形に合わせたら、自動処理です。自動処理はぼかし具合などがすでに入力されているので、ここでちょっと待つと、写真が「絵」のタッチになります。このようにして作成したコマを出力。これを切り抜いて、版下として原稿に貼り付けるんです。今、連載している『最終兵器彼女』もそうですが、全体の8割くらい（のコマ）はパソコンから出力していますね。

パソコンで処理をするのは、背景やベタなどの仕上げ作業が中心です。主人公の服の柄なんかも、1クリックで自動処理できるように設定してあります。また、カラー原稿の作成にもパソコンを使います。週刊誌で連載するのは時間との戦いです。事務所では、（2001年3月現在）作画班4人とパソコン班4人が、効率よく動けるシステムにしています。

実際の掲載ページ。1コマ完成までのプロセスや、愛用のアイテムなどが紹介されている。

「月刊まんがの森」
まんがの森／2001年5月号

まんがの森とは、関東を中心に展開するまんが専門店である。コミック、ビデオ、玩具、海外コミックなど、まんが、アニメに関連する商品を幅広く販売している。『最終兵器彼女』の台湾版の輸入販売も行っている。

「まんがの森」は、このまんがの森が月刊で発行している冊子で、作家の独自インタビュー、コミック情報、輸入商品の紹介、イベントガイドなどを載せている。

掲載号のインタビューページは、2002年7月現在においても、発刊史上最長のものであるという。インタビュアーの印口崇氏が、まんがとの出会いからデビュー、執筆作業、『最終兵器彼女』連載について、当時最新刊のコミックス第4集のこと、今後の活動にいたるまでを質問する形式をとっている。

ここでは、デビューまでの道のり、それから『最終兵器彼女』のサブタイトルについて、高橋しんが語った部分を掲載する。

＊

子供の頃に好きだったまんがは山上たつひこさんの『がきデカ』や鴨川つばめさんの『マカロニほうれん荘』です。

裏が白いチラシがありますが、それをうまく折りたたむと冊子調になりますよね。それに兄が野球まんがみたいなものを描いていたので僕も見よう見真似で描いていました。兄は今、美術の教師をしていますが、子供の頃は兄のほうがまんがが好きでした。子供の頃はぜんぜん意識していませんでしたが、二つ違いの兄の影響を受けやすかったのでしょう。

中学・高校、そして大学で陸上をやっていました。絵に関して専門に学んだことはありません。

中学・高校と陸上をやっていたものですから、推薦でとってくれるというので山梨学院大学へ行きました。箱根駅伝とかチャレンジしてみませんかというお誘いを受けて。だから絵を専門に学んだことはありません。でも、子供の頃から「将来何になりたい？」と聞かれたら「まんが家！」と答えていたくらい、職業としてまんが家を目指していました。

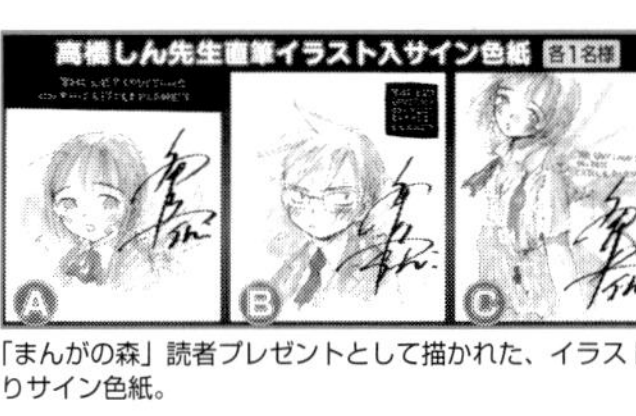

「まんがの森」読者プレゼントとして描かれた、イラスト入りサイン色紙。

自分を追い込んだほうが頑張れるんじゃないかと思い、就職活動はしませんでした。

ちゃんと原稿として描いたのは大学4年生の時です。進路指導の面接があり「まんが家をやりたいと思っています」と答えたら、「仕事をやりながらまんが家を目指す方法もありますよ」と言われました。でも自分を追い込んだほうが頑張れるんじゃないかと思い、就職活動はしないで持ち込みのための原稿を描いていました。4年生の時に描いた原稿は、あまりにも下手だったので描き直して…ということを繰り返していたら卒業をしてしまいました（笑）。やっと原稿が6月くらいに完成したので「ビックコミックスピリッツ」に持ち込むことにしたんです。

ところが、最初の持ち込みの時は自分ではそれなりに一生懸命描いたつもりだったのですが、15分くらいでさよなら、という感じで「いやぁ、厳しいなぁ！」と思いました。それではくやしいのでまた頑張って描いて、7月くらいにもう一度持って行ったら、その時の編集の方は1時間くらいかけて「ダメだ！」ということをとうとうと話されて…。ショックはショックだったのですが、最初に比べれば結構忙しそうな方が、作品を批評してくれるために1時間も付き合ってくれたのだからこれは出世であろうと思い、その作品を1週間くらいで描き直して再度持って行った時に、今度は後の『いいひと。』の担当さんが見てくださって「これはいいじゃないですか」ということで名刺を初めていただきました。それでこれからは賞に応募するための作品をネームで見てあげるからとおっしゃってくださって、ネームを書いて何回かやりとりをした後、「これは面白いんではないですか」ということで増刊号でのデビューが決まりました。それまではアルバイトをしていました。就職活動の延長線上だと思っていましたから（笑）。

「THE LAST LOVE SONG ON THIS LITTLE PLANET.」

「THE LAST LOVE SONG ON THIS LITTLE PLANET.」は、絵としてタイトルのロゴのデザインを考えた時に出てきたものです。そこにこの作品のテーマみたいなものを説明しておかなくては、という気持ちを込めています。この作品はこういうつもりで見てくださいねというメッセージを伝えておきたかった。まんがって読む時の精神状態で気持ちの入り具合が決まってくるじゃないですか。特に『最終兵器彼女』は要素的にどうやって読むの？とわかりにくいものだったので意識的に「THE LAST LOVE SONG ON THIS LITTLE PLANET.」を付けました。単行本ではまとまっているから、導入的にさらにわかりにくいので、帯に「～この星で、一番最後のラブストーリー」と付けて、そのつもりで読んでね、と。そしたらきっと楽しいからと（笑）。

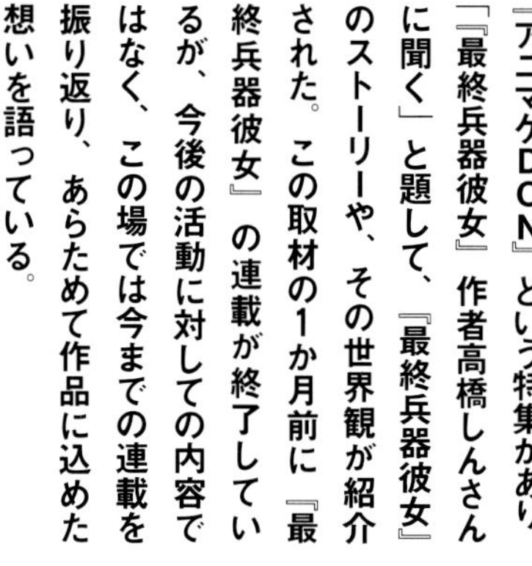

朝日新聞 夕刊

「アニマゲDON」

朝日新聞夕刊／2001年11月30日

新聞でも高橋しんは取材されている。「朝日新聞」夕刊の学芸欄に、『アニマゲDON』という特集があり、「『最終兵器彼女』作者高橋しんさんに聞く」と題して、『最終兵器彼女』のストーリーや、その世界観が紹介された。この取材の1か月前に『最終兵器彼女』の連載が終了しているが、今後の活動に対しての内容ではなく、この場では今までの連載を振り返り、あらためて作品に込めた想いを語っている。

＊

「最終兵器彼女」
作者高橋しんさんに聞く
懸命に恋する姿 描き切る

朝日新聞夕刊『アニマゲDON』より

信濃毎日新聞 1873年（明治6年）創刊 夕刊

「マンガ家の世界」

信濃毎日新聞夕刊／2001年12月21日

前述のものとほぼ同時期になるが、「信濃毎日新聞」夕刊でも高橋しんは取材を受けた。『マンガ家の世界』という特集である。

ここはタイトルのようにライターがまんが家を取材して、作品の構想やストーリー、それから「作家」自身にもスポットライトを当てて、デビューまでの話や、代表作を紹介するコーナーだ。

『最終兵器彼女』の連載が終了して2か月。ここで高橋しんは、連載を振り返り、予定よりコミックス4～5冊分はボリュームをオーバーしたこと、また『いいひと。』終了から『最終兵器彼女』開始までのエピソード、そして次回作の予定についてコメントしており、その内容を紹介しよう。

＊

前作の『いいひと。』が「ビッグコミックスピリッツ」に6年間連載。途中でドラマ化もされたのですが、まさか6年も続くとは思ってもみませんでした。読者のみなさんの応援で走り続けて来られた感じでしたね。

編集者が、「何か描きたいものある？」何も思い浮かばない自分にショックだった。

週刊連載というハイペースで、描き手として迷っている時間はなかったんです。「これ」と決めたら、その運動神経だけを信じて突っ走るんですけど、今振り返ってみればそんな6年間が楽しかったです（笑）。

6年の連載のなかでいろいろなことがありました。『いいひと。』連載の合間に他誌で読み切りの注文が入った時のことなんですが、「何か描きたいものある？」と編集者に聞かれたんです。その時、何も思い浮かばない自分にショックを受けたことがありました。

当時はすべてが『いいひと。』に向けられていたんですよ。そして『これじゃよくないなあ』と思ったんです。『いいひと。』の連載が終了しても、次の連載のアイデアはなかなか浮かびませんでした。そんなある日、打ち合わせで出かけたんですね。

次回作のストーリーがわずか数十分でできた！

手持ち無沙汰の電車の中で、ぼんやりと雑誌の吊り広告を見ていたんですが、その時見出しの中から、ふたつの言葉が目に飛び込んできたんです。「最終兵器」。「彼女」。

これを見ながら、『もし自分の彼女が最終兵器になったら、すごくイヤだよなあ』と感じました（図5）。数年間も具体的に思い浮かばなかった新しい物語の筋が、わずか数十分ででき、そして、電車を降りる頃には、『最終兵器彼女』の大体のお話は完成していたんですよ。

物語は主人公の高校生「シュウジ」と、その彼女で文字通り「最終兵器」である「ちせ」のラブストーリーです。当初は長くても全3巻くらいを予定していたんですが、主人公たちの感情の部分をていねいに膨らませていった結果、全7巻と、倍以上の量になってしまって…。

まだ若いふたりには、やきもきさせられると思いますが、そんな主人公たちを見守る目で読んでくださっている方が多いようでした。

（図5）兵器として成長するちせ。コミックス第1集P.152。

次回作は単行本2冊くらい。明るく楽しい感じの作品にしようと思っています。

現在は4コマまんが（『わたしたちは散歩する』・「まんがくらぶ」竹書房）を隔月で連載しているのですが、まだわからないのですが、予定としてはコミックスの1、2冊で収まるような、楽しく、明るい感じの作品を作りたいなあと思っています。

2001年（平成13年）12月21日 信濃毎日新聞（夕刊）

マンガ家の世界

高橋 しん

中づり広告が物語の始まり

最終兵器彼女

「月刊ぱふ」
（株）雑草社／2002年2月号

『最終兵器彼女』連載終了後、再び高橋しんを取り上げたのが「ぱふ」である。

この時のインタビューは、かなりの長さで、「高橋しん、『最終兵器彼女』を語る」と題し、見開き2ページにわたりコメントが掲載された。

また、「完結記念特集」として、最終話の紹介、インタビュアーによる作品解説など計4ページで『最終兵器彼女』、そして高橋しんの特集を組んだ。

ここではそのロングインタビューの中から、連載を完結しての感想と、読者へのメッセージを取り上げた。

＊

連載完結…といっても、実はまだコミックスの作業をしている最中なので、「終わった！」という実感がないのが本当のところです。

この連載はもともとコミックス3冊くらいの話として考えていたんですが、キャラクターの心情や、成長を描く部分が当初の予想よりも随分と増えてしまって、結局全7巻になってしまったんです。それで、作者としては「うまくラストで繋がってくれるだろうか？」という不安があったんです。でも、最終話まで描いてみて気持ちよく繋がったように思ったので、ちょっと嬉しかったです。『最終兵器彼女』のラストは、基本的には連載前から考えていた通りなんですけど、自分的には、最初に考えていたものから更にもう1歩踏み出せたかな、と思っています。それをコミックスで更にもう1歩、踏み出したいと思って今作業しているところです。

実は、もっと早くふゆみ先輩を登場させるつもりだった(笑)

僕はキャラクターの設定を細かく作らないんです。僕の場合は、キャラクター設定なんか気にしないでやったほうが、キャラクターが自身の言葉でしゃべり出してくれて、自然に動き出してくれるんですよ。今回（『最終兵器彼女』）は特に、主人公ふたりがそう動きたいなら、そうさせてあげるか、という気持ちが大きかったです。「キャラクターたちの息づかいを大切にしよう」ということでやってきました。

そのせいで、具体的にどーんと増えた部分は、まず第1集（笑）。2集から登場したふゆみ先輩が本当はもっと早くに出てきて、話が展開していく予定だったんですよ（図6）。

（図6）予定ではもっと早く登場するはずだったふゆみ先輩。コミックス第2集P.76。

2年間はあっという間

『最終兵器彼女』連載は、「え、もう2年？」という感じで、「あっという間だった、短かった」という印象です。単純に、週刊連載をしていると、1週間、1か月、1年間の過ぎるのが早い、というのもありますけど（笑）。もうひとつは、やっぱり主人公たちが突っ走りがちというか、いつも駆け足をしていないと気が済まないような人たち（図7）でしたので（笑）、あっという間に駆け抜けた2年間だった、という印象が強くなるのかもしれませんね。気の休まるところがなかったかな、と（笑）。でも若い頃の恋愛ってそういうものじゃないかと思うんです。

（図7）最終戦争の中を駆け抜けたふたり。コミックス第6集P.114。

売れなくてもいい、自分が描きたいものをやろう

ラストのほうで「私たちは地球を大事にしてこなかった」という意味の言葉がありますよね。それは「こうしなきゃだめ！」という意見の押しつけではなく、「みんなも思い当たってみて」という感じでしょうか。だから、「シュウジ」と「ちせ」の行動にしても、決してそれが正解というわけではなく、ただふたりは与えられた状況の中で精一杯に考えて、そして生きていったんだよ、と。その過程だけは、許してあげてほしいという感じですね。「正しい／正しくない」という結果だけに意味があるわけじゃなくて、その過程の部分で、うまくやれなくて悩んだり、間違えたり、傷ついたり傷つけたり…しながら精一杯に生きていく、というところを見てもらえたらなと思って描いた作品でした。

『最終兵器彼女』は、まず最初に読者ありきで発想したものではなく、自分が好きで、描いていて楽しいと思えるもの、まんが描き＆まんが読みとして「こんな作品いいな」と思えるものを描こうと思って始めた連載でした。当初から、売れなくてもいいや、マーケティングはしない、と決めてやってきました。でも、そういう作品が、結果的に多くの方に受け入れてもらえた。これは本当にまんが家として希有な、幸せな体験でした。読んでくれた皆さん、ありがとうございました。

「ASAhIパソコン」
朝日新聞社／2002年6月15日号

もうひとつ、取り上げられたパソコン誌を紹介したい。朝日新聞社が発行している「ASAhIパソコン」である。

特集の「パソコン見せてください」では、作画に使用しているパソコンやプリンターが紹介されているほか、実際に作業しているスタッフや、作品のデータを保管してある様子が撮影されており、取材者による解説が加えられている。

＊

ASAhIパソコン「パソコン見せてください」より

＊＊＊

今回のインタビュー再録にあたって、各社、各紙誌、ご担当者様、ご協力ありがとうございました。

また、転載・引用の際、掲載の都合上、表現を変更をした箇所がありますが、ご了承ください。

高橋しんによく出る

北海道弁辞典

高橋しんの作品は『いいひと。』『最終兵器彼女』をはじめとして北海道を舞台にしたものが多い。ここでは、より高橋しんの世界を深く理解するため、作品中使われる言葉を中心に「北海道弁」を網羅した。

【あ】

アイヌーねぎ【―葱】［名］一般に「ぎょうじゃにんにく」と言われる。北海道の山間部に自生する。春の雪解け直後に収穫したのが食べ頃。

あきーあじ【秋味】［名］秋に川を遡上して来る鮭。川を遡上する前の体色が銀色の個体を「銀毛（ぎんけ）」といい、川を遡上して婚姻色になった個体は「ブナ」と言う。

あずまし・い［形］津軽（青森）の方言で、気持ちがよい、満足だ、の意。落ち着く。居心地がいい。暑くも寒くもなく丁度いいこと。「部屋片付けたら―・いっしょ」**―・くない** ゆっくりしない。しっくりしない。落ち着かない。「じょっぴんかんねば―・くねえ（錠をかけないと安心できない）」

【い】

いいふりーこ・き【いい振りこき】［名］格好をつけてる人。いい格好しい。「あいつはホントに―・きだもんなぁ」

いいふりーこ・く【いい振りこく】［動］見栄を張る。派手にする。「女の前だからって―・くな」

いいんでーないーかい［俗］あまり気にしない、悪くないの意。「この服で―」

いくーない［形］「よくない」の意味。「いぐない」と訛ることも。

いじく・る［動］触る。

いず・い［形］違和感がある。不快な感じ。何かがへばりついて気持ち悪い。目にゴミが入ってゴロゴロする時の感じ。また、着物が身体に合わず、窮屈な感じを表すこともある。むず痒い。「えずい」という地域もある。「なんか目が―・くってさ」

いたまし・い［形］①もったいない。惜しい。「パンの耳なげるなんて、―・い」→なげる②（若死にした場合に）もったいない。惜しい。→いたわしい

いたわし・い［形］惜しい。もったいない。肉親を失った人への悔やみの言葉として、また、ひどい目に遭った人に同情を示す時にも使われる。→いたましい

いっちょうまえ【一丁前】［名］労働の能力が大人並みになったことを示す言葉。丁は壮丁（そうてい・壮年の男子）等と言うように「青年」の意味がある。

いつでもーかつでも【何時でもかつでも】［俗］どんな時でも。毎回毎回。

【う】

うまくーない【旨くない】まずい。良くない。

うるか・す［動］水につけておく。（ご飯を）ふやかす。食事の後、食器を洗う前に水につけておく時に使う動詞。水分を含ませる。「うるけす」「うるける」とも言う。入浴後、指先の皮がふやけた時に「うるけた」と言う。

うるさ・い【煩い】［形］煩わしい。「この魚、骨―・い」（この魚、小骨がたくさんある）

【え】

えば・る［動］威張る。

えんこーする［動］①ちゃんと座る（子供に対して）うんこする。（類）おちゃんこする。おっちゃんこする。②（車などが）動かなくなる。止まってしまう。

【お】

おだ・つ［動］調子に乗っている様子。どちらかというと、不快感を示す時に用いることが多い。「おだちもの」でお調子者。「おだてる」の自動詞形。

おっかーな・い［形］怖い。恐ろしい。

おっちゃん（こ）［名］「おすわり」に対応する、小さい子供向けの言葉。小さい子が乗り物の中で歩き回っている時、「ちゃんとおっちゃん（こ）してなさい」等と使う。

おばんーでした［挨拶］夜の挨拶。「今晩は」の意。「おばんです」ではなく、過去形にするのが北海道弁の特徴。

おもし・い［形］おもしろい。関西では「おもろい」。

おん［名］家畜や鶏の雄の事。おんた。同様に雌のことを「めん」「めんた」と言う。

【か】

かい【〜かい】［助］（カもイも終助詞）文末に付け、疑問、驚き、推定、誘い、反問などさまざまなニュアンスを表す。「いんでないー」→いいんでないかい。「あんたも食べるー」文末に「かい」を付ける話法は、標準語にもあるが、多少気障に聞こえるためこの場合のニュアンスとは異なる。北海道では万人に幅広く使用が認められる。

かがま・る【屈まる】［動］しゃがむ。

かじか・む【悴む】［動］（手などが）冷たくなって感覚が無い様子。

かじられ・る【齧られる】［動］（犬などに）噛まれる、噛みつかれる。「昨日犬に―・たべ」

ガス【gas・瓦斯】［名］霧。濃い霧。主に海からの霧。「今日は―がひどくて欠航になった」

かすべ【かすべ】［名］ひらめ、またはえいのこと。

かつけ・る［動］責任を他に転嫁する、罪を他人になすりつける、という意味。「かずける」という地域もある。

かつげん【活源・カツゲン】［名］北海道限定販売の乳酸飲料。紙パックで売られていることが多い。もっと甘いヤクルトのような味。

がっさ・い［形］格好悪い。ボロい。（状態が）悪いことを指す。「がっちゃい」「がさい」などという場合もある。

がっちゃ・い［形］ちゃちな。「おまえの服の―・いこと」

がっちゃき［名］痔。

かっちゃ・く［動］引っかく。かきむしる。かさぶたをはがすこと。「飼い猫が―・いた」**ローソク出さないと―・く** 北海道では七夕（旧暦の八月七日に行われる）の晩、子供たちは、「ローソク出さないと―・くぞ」と歌いながら近所を周る。米国のハロウィンに酷似。

がっつし［副］超。とても。「―ムカつく」「がっつり」とも。→なまら。

かっぱーがえ・す【かっぱ返す】［動］ひっくり返す。はがす。「かっぺがす」「かっぱがえる」「かっちゃがます」とも言う。「大事故でトラックが―・ってた」

かまか・す［動］かき混ぜる。混ぜ合わせる。「かます」「かちゃまかす」という場合もある。「お鍋―・しといて」

がめ・る［動］①盗む。ちょろまかす。（道南地方）「財布―・られた」②睨む。（道東地方）「あいつ、俺のこと―・た」

かや・す【返す】［動］（借金や借りたものを）返す。返却する。

からぁ［助］主に女性が使う。終助詞。「もう閉店です―」

ガラナ［名］主に北海道で販売される炭酸飲料。コアップガラナ。コーラに似た味がする。

か・る［動］ひっかける。押さえる。主に戸締まりや鍵に関することに用いる。「鍵を―・る」

かんかい［名］氷下魚（こまい）を干した酒のつまみ。

かんーがいーこ【灌漑湖】［名］灌漑用水路。

がんーがん【ガンガン】［名］醤油などを入れる金属製の一斗缶、または灯油などの揮発油を入れる金属製の十八リットル缶。「がんがら」とも言う。

【き】

きかな・い［形］腕白な。気が強い。

「あの子は—・いぞ!」犬や猫などの動物、幼児の場合にも使う。

きかんーぼう【きかん坊】[名] 人に譲ったり負けたりするのが嫌いな、気性の激しい子。

きーしゃ【汽車】[名] 電車のこと。北海道には、電車を未だに汽車と呼ぶ人が多い。

ぎ・る【ぎる】[動] 盗む。「—・るな!」「あっ、財布—・られた」「ぎっぱる」という使い方もある。→ばくる

【け】

けちゃむくれ [俗] 人をののしる語。めくり返るという意味がある。「この—!」「けちゃもくれ」と発音する人もいる。

げっぱ [俗] 順位の一番最後。びり。またはその人。「げれ」「けつ」「けっつ」「げれっぱ」と言う言い方もある。「運動会の徒競走で—だ」

けっーぱ・る【蹴張る・気張る】[動] がんばる。どこまでも忍耐して努力すること。「成功するまで—・れ」「ほれ、もっと—・れ!」

【こ】

こーあがり【小上がり】[名] 居酒屋等の座敷部屋(四人くらいまでの)。「カウンターじゃなくて、—空いてるかい」

こごま・る【屈まる】[動] 背中を丸めてしゃがむこと。ちぢこまる。

こちょーば・い [形] くすぐったい。

こちょーば・す [動] くすぐる。

こーっこ [名] (動物、とくに魚類の)こども、卵。鶏のことではない。人後半の「こ」にアクセントを置く。(「みっこ」「ぼっこ」「めっこ」も同様)。虫にも使える。子猫は「こっこねこ」。「シュウちゃんの—がほしいよぉ…」[↓図一]

図一「最終兵器彼女」第7集136頁

こっーたら [連体] こんな、そんな、まさか、ということを表現する言葉。感動したり、驚いたりした時に用いる。「こんな(に)」が訛った浜言葉。→すったら。**—・こと【こったら事】**こんなこと。**—・ばっこ** たったこれだけ、とても少ない、小さいといった意味。「こんなばっこ」「そったらべっこ」という使い方もある。**—・ところ【こったら所】**こんな場所。

ごーつぉ【御馳走】[名] ごちそう。

こ(ん)ま・い【細い】[形] 小さい。細かい。

こわ・い【強い】[形] 骨が折れる。疲れる。だるい。疲労感。「ああ、—・い」「重い荷物を運んで—・かった」。怖ろしいと感じた時の「怖い」は、「おっかない」。

ごんぼーほ・る【ごんぼ掘る】[動] 怒る、だだをこねる。無理を言う。浜言葉。「—・っても知らないからね」ごんぼは牛蒡(ゴボウ)の訛。地中にのびている牛蒡を掘る作業はなかなか骨が折れる。だだをこねる子供をなだめすかすのも骨が折れるところから生まれた言い方。東北地方でも同様の意味で使われることがある。

【さ】

さ【~さ】[助] 口語では同輩・目下のものに対して、ぞんざいな感じで使う終助詞。文章語や、あらたまった場ではあまり用いない。「今日—、友達と買い物にいった—」

さがり [名] 牛肉の一部。カルビに似た肉。

さびお【サビオ】[名] 救急絆創膏。バンドエイド。北海道では若年層は「バンドエイド」、中年層は「サビオ」、老年層は「サトウバン」と、世代別で呼び方が異なる。また「カットバン」、「リバテープ」などと呼ぶ地域もある。

さ・る [助動] ①動詞の未然形に接続し自発の意味をあらわす。「自然に~してしまう」のニュアンスを持つ。「泣かー・る」「笑わー・る」「巻かー・る」②動詞の未然形に接続して可能の意味をあらわす。「そのペンは字が書かー・る」「ボタンが押さー・らない」

ざんぎ【ザンギ】[名] 鳥の唐揚げ。龍田揚げとは異なる。昭和二十年代、北海道の釧路で「ザーギー」という名で売り出したが、あまりに売れず、売れるように「ザ」と「ギ」の間に「運」を入れたのが起源。「いか—」「たこ—」

さんーぺーじる【三平汁】[名] 北海道の代表料理。魚に塩をふって数日置いたものを主にし、野菜を加えた塩汁。略して「さんぺ」とも言う。

さんーぺーざら【三平皿】汁を盛る深皿のこと。

【し】

したーけど [接続] 前文で述べた事柄に対し、それに反対する事例を後文に導く語。だけど。だけれど。だが。

したーっけ ①[接続] そうしたら。「—さぁ、あの人こったらこと言ってたんだ」[↓図二] ②[感] ばいばい。さようなら。「今日は楽しかった。—!」函館では「せばね~」とも言う。地域によっては「せば」と言う所もある。

図二「最終兵器彼女」第6集73頁

したーって [接続] だって。でも。「—、さっき言ったでしょう!」

したーら [接続] それなら。そしたら。「—、どうしましょう?」

して [接続] そうして。「—さぁ、これどうするべや?」

しばれ・る [動] はなはだしい寒さのこと。激しく凍る。すごく寒い。「今日は—・るね!」「今日の朝は—・たね」

しゃあーな・い [形] 仕方ない。どうしようもない状態。

しゃご・む [動] うずくまる。しゃがむの「が」のア音がオ音に変化したもの。

しゃっーこ・い [形] (氷やアイスなどが) 冷たい。「このかき氷—・いよね」「ひゃっこい」が訛ったもの。北海道人は「し」と「ひ」の発音の区別が苦手ということがこれからもわかる。

しょ [助動] ~でしょう。念押しに使う。体言、または用言の終止形に付き、推量、確認、強調などを表す。「うまいっ—」「おいしい—」「たまにはいい—」「雨降ってた—」伝えたい感情によって、言い方も微妙に変化する。「しょ」の後に「や」を付ける用法もある。「や」が付くほうが文意が強調されることになる。[↓図三]

図二「最終兵器彼女」第5集131頁

しょうーず【小豆】[名] 小豆の音読みで、農家で一般に用いられる。

しょっーぱ・い [形] 塩気が強い。「塩辛い」より俗語的。

じょっーぴん [名] 鍵。錠前がなまったものという説がある。**—・か・る** [動] 鍵をかける。最近では、特に若い世代は使用しなくなってきている。「寝る前に—・るの忘れるなよ」

【す】

すー [接尾] 主として若い女性が会話の語尾に使う言葉。「まだありますか?」「すみません、売り切れで—」

すっか・い【酸っかい】[形] 酸っぱい(匂いに対して使う)の意味。「うわ、このレモン—・い匂いがする。」

ずっこ・い【狡っこい】[形] ずるい。「おめー、なまら—・い!」→なまら

すま・す【済ます】[動] 返済する、終わらす。の意味。「借りてた金、—・して来たかい?」

【そ】

そうーだべ [俗] 標準語の「そうでしょ?」にあたり、北海道では農村部でよく使われる。用例は様々で同意を求める場合、強調する場合、納得する場合でそれぞれイントネーションが異なる。

そーしたっけ [接続] そして、その時、その後で、といった意味を表す。

そっーたらーこと【そったら事】そんなこと。そのようなこと。

そっーたらーもん【そったら物】そんなもの。「—、放っておけ!」

【た】

たいーしーた [副] 多量。大量。非常に。とても。「いやぁ、—大きくなってぇ」中年層、老年層の男性がよく使用する。

たちーのーおーつゆ【タチのお汁】[名] 白子の味噌汁。

たくーらんーけ [名] 馬鹿者。悪がき。間抜けな奴。相手をののしる言葉。「この—が!」「たくらんかい」「たくらんきょ」「タコ」「たふらんけ」とも言う。

たこ【蛸・章魚】[名] 監獄部屋(たこ部屋)で働かされる土木作業従事者のこと。前借金で自由を奪われ、働いても働いても前借金が減らない仕組みの中で酷使されたと言う。たこは俗に、食べ物に窮すると、自分の足(身)を食うと言われているが、監獄部屋の土木作業従事者の境遇は、このたこと同じだというところから言われたもの。

だーさぁ [助動] ~だよ。「私、誕生日は八月—」

たな・ぐ［動］（荷物などを）持つ、抱える、担ぐ、運ぶ、などの意味。「たなく」「たがく」という人もいる。東北地方北部には「たんがく」「たなぐ」という地方が多い。「早くこの荷物—・げ」

たなーばた【七夕】［名］北海道では八月七日。

だーべぇ［助動］だろう。同意を求める際の言葉。男性が多く使う。「とうちゃんの言った通り—」**—・さぁ** ～でしょう。女性が多く使う。「私の言った通り—」

たんーぜん【丹前】［名］厚く綿を入れた広袖風の夜具。衣服だけでは肩が寒いため、着て寝たところから始まったと言う。ガウンの様に着ながら寝る。

たんーぱら【短腹】［名］気が短くてしょっちゅう腹を立てること、また立てる人。「ほんとにあんたは—なんだから」

だんーべ［俗］女性自身の名称。［動］エッチすること。

【ち】

ちせ【チセ】（アイヌ語）家。

ちぢこま・る【縮こまる】［動］恐れや寒さに体を丸めて小さくなること。「—って眠る」

ちっこ・い【小さい】［形］小さい、という意味。「ちゃっこい」「ちゃんこい」ともいう。山形県では、「ちっちゃこい」という。「—・いこっこだなや」→こっこ［→図四］

ちゃっーちゃーと［副］てきぱきと。さっさと。「—としなさい！」

ちょ・す［動］①いじる。からかう。触れる。「ちょうす」ともいう。「それ—・すな！」②男の子が一人エッチをすること。

図四「最終兵器彼女」第7集173頁

ちょべっーと［副］わずか。ほんの少し。「ちょっぺり」とも言う。「おかずを—下さいな」

チョンガ［俗］独身の男、未婚の男（朝鮮語）。札幌へ単身赴任してきた男性のことを「札チョン」と言う。

【て】

デレキ［名］石炭ストーブや薪ストーブなどの燃料をかき回す鉄製の棒。先が鉤型になっていて、ストーブ内部の灰を下部に落とす。「デレッキ」とも言う。

【と】

とうーきび【唐黍】［名］とうもろこしの別称。「とうきみ」とも言う。「—を食べにいくべさ」内地の人が「サトウキビ」とよく誤解する。［→図五］

図五「いいひと。」第7集118頁

どかーゆき【どか雪】［名］一晩に大量に雪が降り積もることをいう。

ときーしらず【時知らず】［名］秋、産卵のために川にのぼってくるサケを「秋味」というのに対して、道東沖の海で春、夏にとれるサケのことを言う。「ときサケ」ともいう。漁業関係者は「とき」と省略して呼んでいる。

どさんーこ【道産子】［名］北海道産の馬。北海道生まれの人（三代目以降の人を指す）。馬は北海道におらず、和人によって連れて来られた。漁場の労役に使ったが、栄養が悪く、孫は体格が悪くなってしまった。馬体は小さいが力が強くよく働く。転じて北海道生まれの人をも言うようになった。

とーば【冬葉】［名］鮭の干物。鮭冬葉。あきあじの半身を日陰の軒下などに吊して干したもの。

とろーくさ・い【とろ臭い】［形］鈍い（のろい）。

どんぱ［名］同期、同い年、同級生。「おまえ、—なの?」

【な】

ないーち【内地】［名］北海道から見て本州を指して言った言葉。沖縄で言う「本土」といったところ。「ゆーじに内緒で—に行こう！」**—・米** 本州で採れる米を「内地米」という。対して北海道産の米は「道産米」。［→図六］

図六「最終兵器彼女」第2集35頁

なーげ・る【投げる】［動］（ゴミを）捨てること。「ゴミはゴミの日に—よう」北海道ではゴミ箱に「ゴミ投げ」と書いてある。

なーした［連体］どうしたの?の意味。

なーして［副］何故。どうして。

なまーずし【生寿司】［名］北海道では、日持ちのしない生魚を使ったものを生寿司と言う場合がある。

なまら［副］すごく。とても。超。「なまらだ」は不平の気持ちを表す。最上級は「なんまら」。短縮形は「なま」。「むったら」とも言う。「あのー、—のろくないか、ちせ?」［→図七］

図七「最終兵器彼女」第1集9頁

なんも［副］全然。何も。気にしない。感謝などされた時の返事。ノープロブレムの意味。「なんもさー」、強調して「なんもなんも」とも言う。「こんなにいただいちゃってありがとうございます」「—さ」**—・だ**（感謝された時に）どういたしまして。［→図八］

図八「最終兵器彼女」第4集47頁

【ね】

ねっぱ・る【粘る】［動］ものが粘ること。べたべたするの意。物理的な性質以外も人に「おい、—・るな」等と言う場合もある。

ねーゆき【根雪】［名］積もったまま春までとけない雪。北陸、北飛騨の方言だったが、現在では気象用語になった。

【は】

ば［助］「に」「へ」「を」等の助詞にあたる。「会社—行く」「郵送でプレゼント—送ったよ」

は・く【履く】［動］はめる。つける。北海道ではズボンや靴下など人体の下半身に関係あるものだけでなく、手にはめるものにも使う。「ちゃんと手袋ば—・いたかい?」

ばく・る［動］交換する。取り替える。「ばくりっこ」、「ばぐる」と言う地域もある。「おれのシールとおまえの—・って」

はた・く【叩く】［動］叩く。女性や子供がよく使う。

ばっち［名］一般に「めんこ」と呼ばれている男の子の遊び。厚紙の札を床に叩き付け、相手の札をひっくり返す遊び。またその札のこと。

はっちゃきーこ・く［動］夢中になる。張り切る。「はっちゃきになる」は内陸方面、「はっちゃきこく」は海岸に多い言い方。「はっちゃき」「はっちゃこく」とも言う。「彼女がいるからって—・くな」

ばっぱ・い［形］（幼児語）汚い。不潔である。

はね・る【撥ねる】［動］雪かきをする。除雪する。「雪を—・るの手伝って」

はんーかーくさ・い［形］馬鹿。どじ。馬鹿みたいな。馬鹿らしい。間が抜けている。相手を軽蔑していう。「あっぱくさい」とも。「—・いのはあんただべさ」［→図九］

図九「最終兵器彼女」第2集59頁

【ひ】

びっこたっこ［俗］あべこべ。

ひゃっーこ・い【冷っこい】［形］冷たい。「しゃっこい」とも言う。［↓図十］

図十「いいひと。」第16集194頁

びゅー【ビュー】［俗］段取り良く物事を片付ける時使う。「ビュービュー」とも。「―っと終わらそう」

【へ】

べ（文章の最後につけて）「～だろう」「～しよう」という意味を表す。「屋上でジュースでも飲む―」―・や「べ」より強調。［↓図十一］

図十一「最終兵器彼女」第５集84頁

へちゃーむくれ［俗］人を罵って言う言葉。多くは容貌について言う。

ぺったらーこ・い［形］①単純明快なこと。②平たいこと。

へっーちゃら［俗］たやすい様。

へっぺ［俗］エッチ。セックス。交尾。［動］セックスすること。

へっーちゅう［俗］ヤリマンのこと。「へっぺ中毒」の短縮型。

へら【篦】［名］しゃもじ。竹・木・金属などを平らに削り先端をやや尖らせた道具。

べろ［名］舌。

【ほ】

ぼけ・る【暈ける】［動］北海道・東北・長野などりんごの産地では、水分が抜けてもそもそした感じのりんごの状態をこのように言う。「林檎が―・る」

ぼっーこ【棒っこ】［名］棒。棒きれ。「その―取って」

ぼっこーてーぶくろ【ぼっこ手袋】親指の部分だけ分かれているミトン手袋のこと。子供用。

ほっーぺた【頬っぺた】［名］頬。

ほろ・う【払う】［動］払うの意。「ごみを―・う」

【ま】

まか・す【撒かす】［動］（水などを）こぼす。散らかす。

まかーれ・る【撒かれる】こぼれる。

まち【街】［名］繁華街。大通り周辺のこと。

ままーさんーだんぷ【ママさんダンプ】［名］雪かきの時に使う、大きなスコップのような道具。商品名だったが今では一般的な呼び名に。

まるい【丸井】札幌に本店を置く老舗デパート、「丸井今井」のこと。本州の「マルイ」とは別物。「さん」付けで呼ぶ場合もある。

【み】

みったくーな・い［形］①女の子の容姿が良くないのを罵る言葉。可愛くない。②見るに耐えない。状態が悪いことを言う。

みにーすきー【ミニスキー】［名］長さ四十～五十センチのプラスチックのスキー。

【む】

むくれ・る［動］すねる。怒ってむっとした顔をすること。

【め】

めっこ［名］炊き方に失敗して、芯の残ってるご飯のこと。めっこ飯。

めっーぱ【目張】［名］まぶたにできたイボ状のできものの総称。ものもらい。「―いずくてもちょすな！」

めんーこ【めん子】［名］ひいきにされている子（批判的）。

めんこ・い【めんこい】［形］可愛い。可愛らしい。「ちせは―・い」［↓図十二］

図十二「いいひと。」第21集179頁

【も】

もげ・る［動］ちぎれて離れ落ちる。

【や】

やく・い［形］やばい。危険である。「やっくい」とも。

やち【谷地】［名］北海道で泥炭地の俗称。

やっこ・い【柔い】［形］やわらかい。

やまーおやじ【山親父】［名］熊のこと。

や・む【病む】［動］痛む。「体調どうだい？」「―・んでひどいわ！」

やわ・い【柔い】［形］やわらかい。―・っこい【柔っこい】↓やっこい。

【ゆ】

ゆきーはね【雪はね】［名］雪かき。除雪。

ゆきーむし【雪虫】［名］①カメムシ目ワタアブラムシ科昆虫の一群の俗称。②冬、積雪上に出現する昆虫の総称。

ゆるくーな・い【緩くない】［形］大変だ、難しい、きつい、など厳しい状態をさす。打消形だけが用いられる。「雪はねって―・いね」

【よ】

よしーかか・る［動］椅子や柱などにもたれかかること。

【ら】

らくーよう【落葉】［名］「からまつ」の別称。漢字で落葉松（らくようしょう）と書くところから。

らっく【ラック】［名］上着。

【る】

るいべ【ルイベ】［名］アイヌ語で、溶けた魚、または食物の意味。鮭を凍ったまま薄切りにして、山葵（ワサビ）醤油などで溶けかけを食べるもの。

【れ】

れ［助］命令形に付き、命令の意に用いる。助詞「ろ」より、柔らかいニュアンス。「早く、食べ―」

【わ】

わ［助］（終助詞）主張、決意、詠嘆などを表し、性別、年齢問わず北海道では広く用いられている言葉。「だわ」を付ける場合も。「もう敵来てるん―。そこにステルス」

わたしーがた【私方】［代］一人称複数、一人称単数の場合に使う。「がた」という接尾語は複数とともに敬意も表すが、北海道語では「わたし」の複数しか示していない。

わや［俗］どうにもならないこと。めちゃくちゃ。表現する言葉。「わっや」「わいや」「わやくちゃ」とも。「車が事故で―になった」

《北海道弁の特徴》

アクセント

全般に標準語と同じ。ただし例外があり、「雨」などは関西と同じく、メにアクセントをつける。またアクセントのない「椅子」はイ、「タバコ」はバにそれぞれアクセントがつく。また地域によって差がある。

時制

北海道では「おはようございました」（「こんばんは」の場合は「こんばんはでした」ではなく「おばんでした」）「お世話さまでした」など、現在進行中のあいさつにおいて、過去形を使うことがよくある。古語に過去形は丁寧をあらわす場合があり、それが残っているという説がある。

言葉のニュアンス

北海道弁を、初めて聞いた人はきつい感じを受けることが多い。「～かい」や「（そう）だべや」「（だ）べ」など、内地から来た観光客などが誤解することもあるが、北海道の人にとっては普通である。

語尾変化

「～べさ」「～さ」「～っしょ」「～でないかい」「～っしょや」「～けさ」「～（した）べ」「～だべ？」などがある。

方言

北海道内にも方言がある。地域によって差があり、津軽弁に近い地域（道南）や、標準語に似ているが一部独特な言い回しをするところ（札幌・網走、他）などがある。

高橋しんかく語る

全イラスト完全解説

COVER & No.1～121 ALL illustrations

『LOVE SONG 2002』としてイラストをまとめるにあたり、執筆当時の苦労談や思い出など、高橋しん本人が振り返りつつ完全解説。これまでイラストからだけでは読み取れなかった高橋しんの作品に対する思い入れや感情に、この場で深く触れて欲しい。

illustration 表紙

9のイラストを『LOVE SONG 2002』表紙用に大幅に加筆修正しました。絵が動いて変化する案や、3Dにする案、レリーフ状のフィギュアにする案など、いろいろありましたが、現状のように落ち着きました。

illustration ポスター

アニメのスタッフと競作です。自分が原画を描いて、片面は自分で塗り、もう片面は線画の段階でアニメのスタッフに渡して仕上げてもらいました。アニメのスタッフがこの絵をどう解釈して完成させてくれるのか、とても楽しみです。

illustration No. 1

コミックス第4集、表紙用イラスト。試作段階で担当氏と「黒バージョンもかっこいいよね」と話し合い、黒バージョンはトリミングしてHP上で公開しました。このイラストは、そのノートリミングバージョン。『LOVE SONG 2002』用に、多少バランスを取りました。ちせの首の証票は「ドッグタグ」と言い、血液型等の個人識別用のデータが彫り込まれているもの。鎖の部分は適当に描いてから、Photoshopのドロップシャドーで処理しました。ちせの背中の羽根には、特にモチーフはありません。歯車やネジを多用しているのは、オーバーテクノロジーとのギャップで「進化過程」を表現したかったのと、やはりちせのキャラクターから、ギャグっぽい要素を残しておきたかったからです。

illustration No. 2

スピリッツ本誌のカラー扉は、通常1ページまたは3ページで依頼されることが多いのですが、この時は表裏の2ページで依頼されました。通常なら1枚を扉として使用し、2枚目からはストーリーに入るというのがセオリーなのですが、それでは面白くないので、表と裏の両面を使ってカッコイイ感じの表紙にしてはどうかと実験した作品。表面にはロゴを入れて、裏面にはサブタイトル入れました。8の絵にロゴが入った状態がこれにあたります。ここでもロゴの中にモチーフとして歯車が使われていますが、古典的なメカのイメージを最終兵器に当てはめてギャップを出す方向性は、この時生まれました。

illustration No. 3

『最終兵器彼女』の予告カットとして描かれたイメージイラストです。スピリッツの巻末4色ページで、新連載の内容をティーザー(覆面広告)っぽく告知する企画があり、そのために作品タイトル、内容などは一切伏せ、イメージだけを伝えるために描きました。この予告を掲載した時点では、ラブストーリーであることだけに触れ、戦争ものであるということにはまったく触れていません。上空の飛行機から読み取れる部分もあったでしょうが、たぶんそこまで深読みする読者はいなかったでしょう。イラスト中の「セイコーマート」は北海道でポピュラーな酒屋系CVS。ちなみにこのティーザー予告でほぼ同時に始まった作品に、曽田正人先生の『昴』があります。

illustration No. 4

新連載1話目の冒頭です。背景は基本的に写真を取り込んで加工しています。北海道にロケハンに行って、そこで撮影した写真を使用しました。当日、レンタカーで借りたプリウスが写っているのはご愛敬。プリウスが写っていること自体で、作品の設定が現代であることがわかるとも言えます(笑)。朝の、弱いけれどまぶしい光の感じを出すために、絵を白く飛ばした感じに仕上げました。『いいひと。』に比べ、『最終兵器彼女』では、未完成な若い人たちがガサガサ動いてるという感じにしたかったので、連載前の短編で絵柄を模索し、出したひとつの結論を形にできたと思います。この当時は、すべてPhotoshopで作画しています。

illustration No. 5

この絵は元々、広告用に描き下ろした原稿ですが、とても気に入っていたので、その後カラーの依頼が来た時、大幅に改訂して描き直しました。多くの作品は、線画のレイヤーと塗りのレイヤーを別にして、最終的に線を生かしていますが、このイラストは線も絵も一緒のレイヤーにして、その上からPainterで色を塗り重ねています。背景はICっぽいパターン等も考えましたが、最終的に花になりました。イメージに合わせて、タイトルロゴにも一部加工をしています。

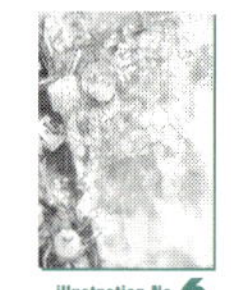
illustration No. 6

「少年サンデーGX」(以下「GX」)のポスター用に描き下ろした作品。編集部からいただいた「メンテナンス中」という案で、当初はもっとオーバーテクノロジーを象徴するようなメカっぽいイメージを提案されたんですが、自分的に、ちせはそういう感じでメンテナンスはしないなと思ったので、ほのぼのタッチになりました。人間だから点滴もして、ヒマだからお菓子食べたり、ちょっと勉強もして…誰かに見られるとイヤなので、「メンテナンス中」の立て札を自分で書いたりして…。迷彩のパソコンは自衛隊の人が好きで作ったのでしょう。痛みをバファリンで抑えようと言うのがちせらしいところです(笑)。この頃になるとPhotoshopとPainterを使っていますが、試行錯誤の段階です。「カール」は色味的にアクセントとして使いやすいので、他のイラストでも頻出しています(笑)。

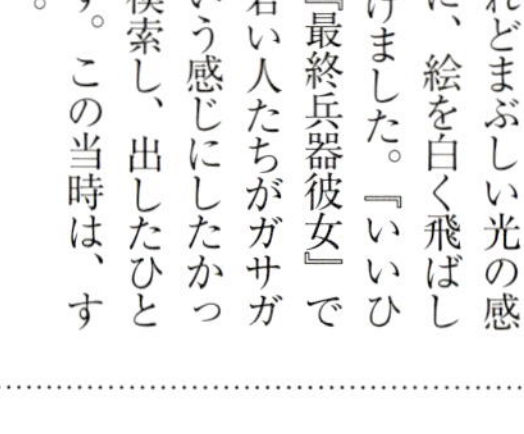

illustration No. 7

『最終兵器彼女』は、連載終了までの数回、連続してカラーページをもらいました。これは最終回の少し前の扉ですが、本編の1話目でもこの構図は使っていますね。あの頃始まって、ぼくたちはここに来た…というニュアンスを表現しています。自分でも結構気に入っている1枚です。

illustration No. 8～9

2でも述べましたが、表裏カラー扉の元の絵です。「ちせはふつうの女の子なんだけど、後ろを見るとちょっと違います」というようなイメージです。コミックス第2集の表紙にも使い、裏表紙には両面の線画が収録されています。雑誌掲載、コミックス表紙、そしてこの『LOVE SONG 2002』表紙用に全面的に描き直しました。この時に描いた機械の感じが、その後、作品のイメージとして受け継がれてゆくことになりました。

illustration No. 10

見開き扉ですが、コミックス収録時はストーリーの中で使用したカットです。この背景は手描きです。

illustration No. 11

スピリッツ掲載時はモノクロの扉絵だったんですが、評判がよかったので着彩してコミックスの表紙にしました。ストーリー的にはちょうどちせとシュウジにつらいことがあったあたりなので、この笑顔で救われたという読者も多かったそうです。いつもコミックスの装丁をやってくださっている関さん（デザイナー）風に、自分で着彩してみました。色味を出すのに非常に苦労した絵です。

illustration No.12

スピリッツ掲載時以外では初公開。コンセプトとしてはこの作品は「女の子が戦場にいるという、こんなまんがですよ」というのをわかりやすく表現したものです。結構気に入ってる絵だったので、コミックスで使おうと思っていたんですが、割と寂しげな表情の絵なので、使う場面を考えあぐねている内に使わずに終わってしまいました。今回、こうして無事に、皆さんのお目にかけられて嬉しいです。ここにも「カール」がありますね(笑)。カールは色味のアクセントとして便利なんです(笑)。

illustration No.13

5同様、線も絵もひとつのレイヤーにして、その上からPainterで色を塗り重ねていった作品です。線画はラフにしか入っておらず、ほとんどPainter上で絵を描きました。アシスタントの手もかかっていない、やや実験的な作品です。

illustration No.14

『最終兵器彼女』初期の頃のカラー見開き扉です。この頃は、ストーリーがまだ絶望的なところまで行ってないので、ふたり共、穏やかな表情ですね。場所は例の展望台です。普通の男女だったらこんな風に過ごすんだろうな、という絵です。珍しくちせがスカートを履いてないのがポイントです。個人的にスカートが好きなんで、たいていちせにはスカートを履かせているんですけどね。足首が180度近く開いちゃってるところがちせらしいと言うか…。女の子ってそうですよね。コミックスの表紙にした時は足の先が切れちゃっていたので、これが完全なバージョンです。

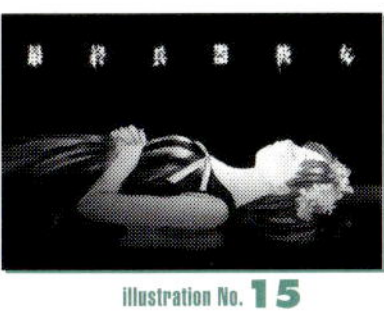

illustration No.15

これは連載後半の作品。死んでるけれども花嫁さん、というやすらかなイメージ。ロゴも自分で入れました。担当氏がこのイラストに入れたアオリが「黒衣の花嫁」。しかもロゴよりデカく打ってある!! さすが堀さん（担当者）だ!と、大受けでした。

illustration No.16

「GX」に読み切りを掲載した号に、ピンナップとして描き下ろしたイラスト。羽をもった女の子が飛んでたら楽しいよねって感じのイラストです。でもこのイラストでは落ちてるのかも(笑)。ここでは、ちせってあんまり気持ちよく飛べる人ではないんだろうなっていうのも表現しています。背景は写真で、作中の展望台から自分で撮ったものを使用しています。300ミリの望遠で撮りました。

illustration No.17

今回、『LOVE SONG 2002』のためにイラストを整理していて、このちせは、お話の最後のほうに出てくるちせと、ちょっと顔つきが違うよなって思ったんですけど(笑)。とにかく可愛らしいちせが描きたいと思って描いた絵です。

illustration No.18

スピリッツ掲載時はモノクロの扉でした。HPで公開する壁紙用に一度カラー化したんですが、今回『LOVE SONG 2002』用に着彩し直しています。

illustration No.19

「GX」のピンナップ。両面ポスターで、裏には20のイラストが入っていました。物語中で、雪の中のちせが描かれてなかったので、描いてみました。セーターの柄に苦労しました。雪は素材集の「星」の写真を使っています。この「星」は星に使えるのは言うに及ばず、雪や点描としても使えるのでよく使っています。このイラストを描いていた時、スタッフの中でチュッパチャプスが大流行していて、箱買いして食ってました。ちせのこういう服装は珍しいですよね。こういうのがめんこいんじゃないか、と思って描きました。

illustration No.20

「GX」のピンナップ用イラストです。横位置の絵ですが、シュウちゃんがド真ん中にいるところが、ピンナップ用構成ですね。スピリッツ本誌で使おうと思ったら、本の綴じ込みの部分を考えるので、真ん中には絵を置けないんです。シュウちゃんはペンで描いていますが、ちせは鉛筆で描いたラフをそのまま取り込んで着彩しています。「GX」で掲載後、このイラストの線画がスピリッツの表紙を飾りました。ここで掲載したのは「GX」のピンナップバージョンです。

illustration No.21

モノクロの扉絵に使ったものを、非常に自分が気に入っていたんで、HPで見ていただきたいと思って再構成したものです。HPでも評判が上々だったのでよかったです。

illustration No.22

「こういう（大人びた）雰囲気のちせっていかがですか?」ってな狙いで描きました。

illustration No.23

劇中のちせがあまり見せない表情や服装が描きたくて、このイラストを描きました。

illustration No.24

ちょうど連載時のストーリー上で、この二人が別れていくところだったので、それぞれ違った場所にいるという雰囲気を出しました。『LOVE SONG 2002』収録にあたって雪を足しています。場所は違うんだけれども、ふたりは同じ時間を生きているという感じを表現しているのです。

illustration No.25

作中では自衛官が戦車にこのイラストを描いています。素材として描いたのですが、しっかり作り込んだので、HPで壁紙として公開しました。カラーはHPとこの本でだけ見られますが、当然高解像度なのはこの本だけです(笑)。余談として、アニメのスタッフジャンパーにも使われています。自分ではとても気に入っています。

illustration No.26

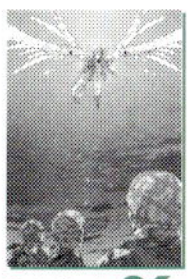

作品中のひとコマです。せっかくこういう話を描くんだから、こういうシーンは欠かせないでしょう。真面目な外国人兵に対して、最終兵器のリアリティの無さを対照的に表現しています。ちせのメカに関しては、逐次成長してしまうので、細かくは設定していません。このタイプの翼はここだけにしか出てきません。『LOVE SONG 2002』用に着彩しています。

No.27～31

29はかなりスタッフが頑張ってくれた背景が見どころ。瓦礫は12のものを反転して流用しています。

illustration No.32

作品中のひとコマ。ちせの胸にはメリハリがないので、表現に苦労しました(笑)。スピリッツ掲載時には靴下が破けてなかったんですが、コミックス収録時に破き、今回着彩しました。

No.33～35

34は扉用に描きました。こういうのもカッコイイかな、と。

illustration No.36

カラー扉。川と壊れかけたちせを見せることで、違和感を出しています。美しいけれど嫌な感じですよね。本来気持ちのいい場所に異質なものがあって、居心地が悪い。ちせの目の色はメカを象徴しています。例によってネジもあります(笑)。どう考えても使われてないですよね? でも楽しいからいいんです。今回、加筆しました。

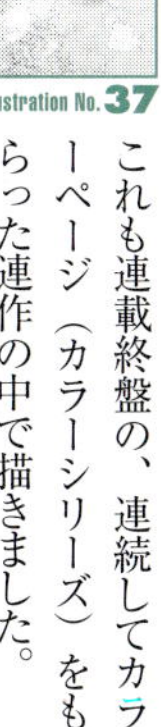
illustration No.37

これも連載終盤の、連続してカラーページ（カラーシリーズ）をもらった連作の中で描きました。

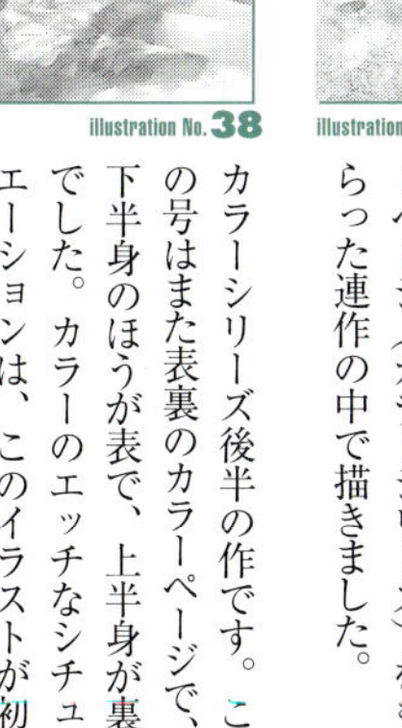
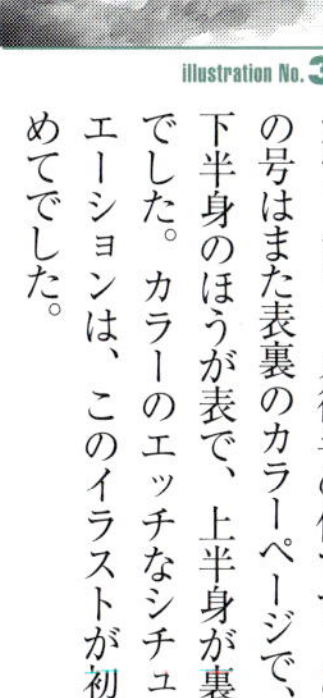
illustration No.38

カラーシリーズ後半の作です。この号はまた表裏のカラーページで、下半身のほうが表で、上半身が裏でした。カラーのエッチなシチュエーションは、このイラストが初めてでした。

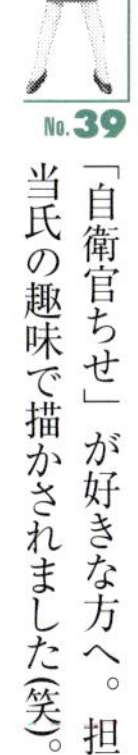
No.39

「自衛官ちせ」が好きな方へ。担当氏の趣味で描かされました(笑)。

…というのは半分冗談で、この制服の色合いと女の子は好対照で、自分も好きです。

illustration No.40

チビっこシリーズ。どうも「いちごポッキー」と「カール」の出現度が高いですね。

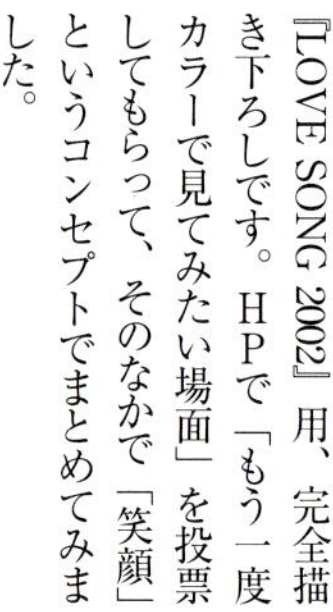
illustration No.41

『LOVE SONG 2002』用、完全描き下ろしです。HPで「もう一度カラーで見てみたい場面」を投票してもらって、そのなかで「笑顔」というコンセプトでまとめてみました。

illustration No.42

カラーシリーズ用イラスト。以前モノクロであったシーンに着彩しました。自分がカラーで見たかったというのがカラー化の一番大きな動機ですね。教室の西日と低い視点が大好きです。

illustration No.43

コミックス用に描き下ろした唯一のイラスト。トリミングしないでお見せするのは国内初です。というのは、韓国の雑誌で過去に発表されています。ここにもネジ、ありますね。

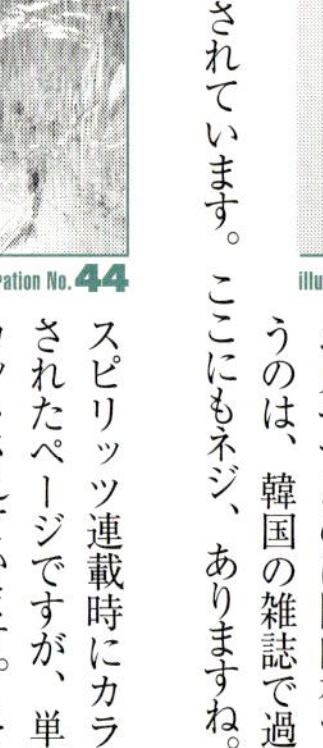
illustration No.44

スピリッツ連載時にカラーで掲載されたページですが、単行本ではカットされています。ここに復活。

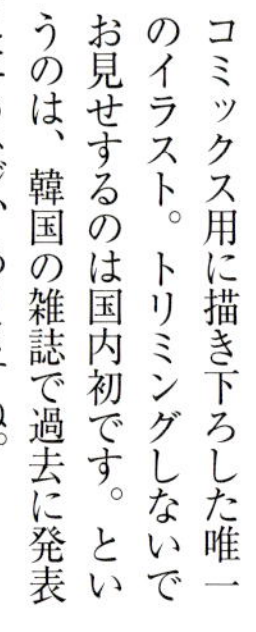
illustration No.45～47

最終話の最後のカラーです。ちせの透明感、危うさを表現したかったので、最後のページにカラーをいただいて描きました。作中でタイトルを出すのが、この『最終兵器彼女』の象徴になっています。46の見開きは、ボヤッとした感じでどこまで見せられるか、ちょっと不安でしたが、結果的には思った通りになりました。ラストのページ、単行本ではわからないですが、地球はだんだん白くなっていったるんです。ちせが消していったところは白くなっているという設定です。まだ残っているところもありますね。

illustration No.48～49

『わたしたちは散歩する』（以下『散歩』）は、いろんな人が散歩する話です。その散歩の中で何かを見つけたり拾ったりするというコンセプトです。個人的に描きたかったので、企画を竹書房さんに持ち込んで始めました。フキダシの中の文字以外は、タイトルロゴもネームも自作しています。絵とうまく融合させるためには、作画の段階から字も入っていないと難しいんですよね。このエピソード4は、もちろんちせとシュウジがモデルですが、もしこうだったら自分も読者も楽しいだろうな、と想像しながら描きました。

illustration No.50～56

これらも『散歩』。56の絵は掲載時はモノクロでしたが、時間のある時に着彩しました。

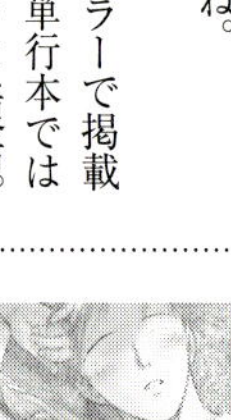
illustration No.57

個人的に気に入っていますが、絵的には古いですね。背景の草は、当時、素材集にいい写真がなかったので、今回大幅に描き直しました。当時はPhotoshop一本槍でしたね。

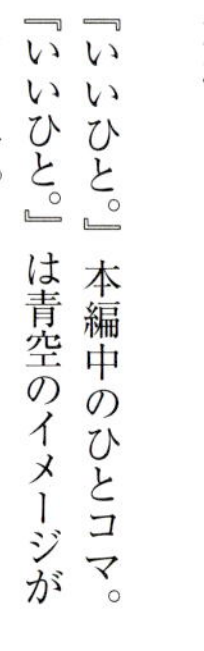
illustration No.58

『いいひと。』本編中のひとコマ。『いいひと。』は青空のイメージがあります。

No.59

春ってことで(笑)。

illustration No.60

スピリッツに『いいひと。』が2本立てで掲載された時の一方のオープニングです。冒頭は2本とも共通で、1本の妙子は看板の前に立っているだけ、というオチでした。

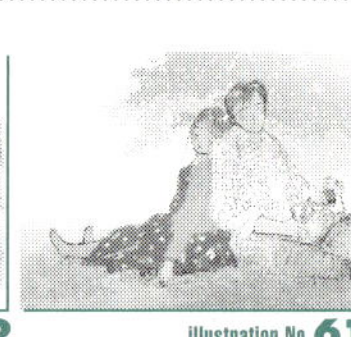
illustration No.61

掲載時はモノクロでしたが、個人的に好きな絵だったので着彩。後にサントラのジャケットにされました。今回、『LOVE SONG 2002』用に加筆しています。

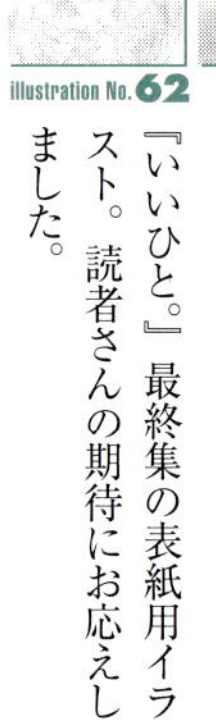
illustration No.62

『いいひと。』最終集の表紙用イラスト。読者さんの期待にお応えしました。

illustration No.63

コミックスの表紙用描き下ろしです。聖母像のイメージです。ちょっと書店で買いにくい表紙かな、とも思いましたが、巻を重ねていたので許してもらったというイラストです。

illustration No.64

扉用に考えてラフを描いたんだけど、その時は採用に至りませんでした。しかし自分的に気に入っていたので、色を着けまして、今回発表にこぎ着けました。

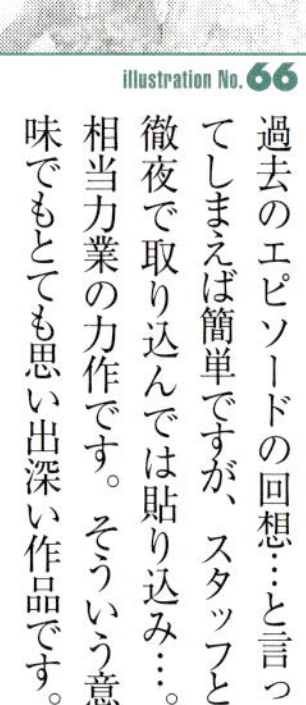
illustration No.65

コミックス表紙のイラストですが、柔らかいタオルを直接スキャンして素材として使いました。

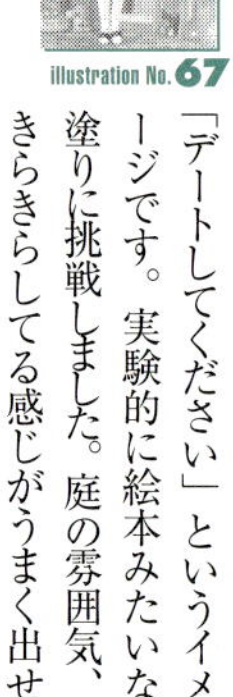
illustration No.66

過去のエピソードの回想…と言ってしまえば簡単ですが、スタッフと徹夜で取り込んでは貼り込み…。相当力業の力作です。そういう意味でもとても思い出深い作品です。

illustration No.67

「デートしてください」というイメージです。実験的に絵本みたいな塗りに挑戦しました。庭の雰囲気、きらきらしてる感じがうまく出せたと思っています。

illustration No.68

最終章の扉。やはり『いいひと。』のコンセプトは「空」です。当時、うちの事務所の忘年会の案内にも使いました。

illustration No.69

100回記念に作っていただいたタオルの原画です。結構大きいサイズだったので、子供を寝かすのにちょうどいいと、関係者の間では好評でした(笑)。

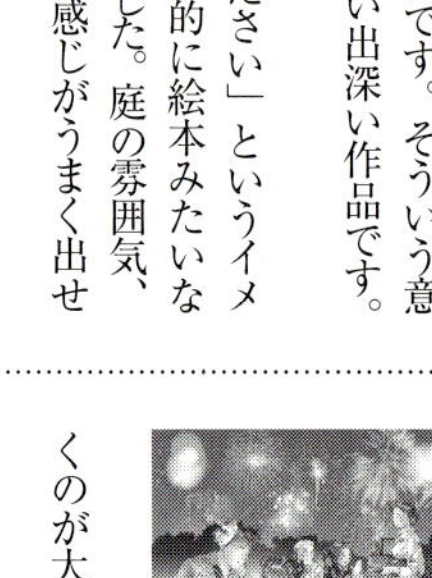
illustration No.70

「ひと言でも発言がある登場人物は、単行本の裏表紙に登場させる」というコンセプトで、毎巻頑張って描いたのですが、中でもこれはうまく構成できました。「これだけ手を加えたから買ってね」という新人まんが家の頑張ってる感じが出てますよね(笑)。

illustration No.71

コミックスの表紙。こういうシチュエーションの絵を描きたかった。ブルーの感じがよく出たので満足です。

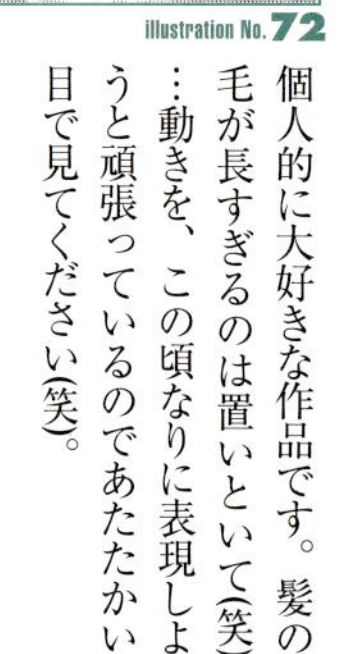
illustration No.72

個人的に大好きな作品です。髪の毛が長すぎるのは置いといて(笑)…動きを、この頃なりに表現しようと頑張っているのであたたかい目で見てください(笑)。

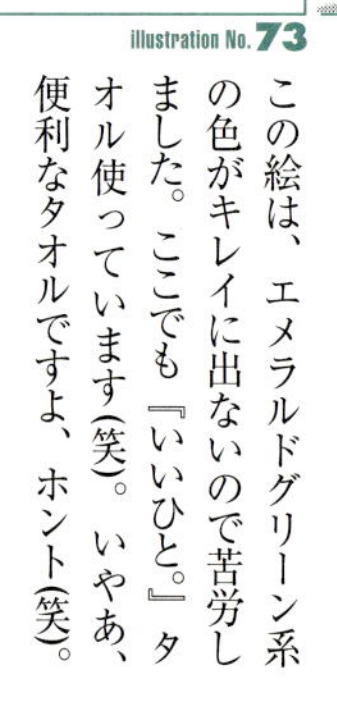
illustration No.73

この絵は、エメラルドグリーン系の色がキレイに出ないので苦労しました。ここでも『いいひと。』タオル使っています(笑)。いやあ、便利なタオルですよ、ホント(笑)。

illustration No.74

何と言ってもこの絵のメインはガンダムのお面です(笑)。ガンダムを思い出しつつ記憶で描きました。結構うまく描けたので、それだけで満足です(笑)。楽しかったけど、ガンダム以外のところを描くのが大変だった(笑)。

illustration No.75～79

どれも好きな絵です。76と78は掲載時はモノクロでしたが、暇な時に「色を着けたいな」と思って着彩したものです。カラーの公開は今回が初です。79は、コミックスになった時、手違いで思った色味が出ず、悔しかったので今回載せることにしました。こっちが本当に出したかった色味です(笑)。

illustration No. 80

掲載時はモノクロ。好きな絵だったので個人的にカラーで見たいと思って色を着けました。

illustration No. 81

コミックスの表紙です。Painterのスリガラス効果を使ってます。羽はパスを使って描きました。この頃は、Painterでの作業を模索していましたね。

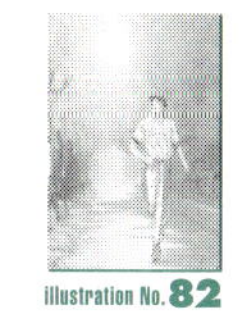

illustration No. 82

締め切りまでに時間が無かったので、前の事務所の近くの並木をビデオで撮影し、ビデオプリンタで出力したものをスキャナでまた取り込んで、といった行程を踏んでます。昔はデジカメも無かったし、ビデオとパソコンの連携も今より浅かったので、かなり面倒くさい手順を踏んでますね。

illustration No. 83

コミックスの表紙そのままです。個人的に妙子好きなので。

illustration No. 84〜89

冬の場面です。好きな絵を集めました。88はかなり色の実験を繰り返した絵で、実はいろんな色のバージョンがあります。89は、雪が降って来た時にゆーじが北海道に帰って来た回のものです。この頃、むちゃくちゃ忙しかったです。

illustration No. 90〜96

90は掲載時モノクロでしたが、その後着彩。91はコミックスの中扉として描いたもので、HP用に着彩しました。93と94は今回『LOVE SONG 2002』用に着彩。95は個人的に気に入っていたので着彩し、HP上で壁紙として供給しています。

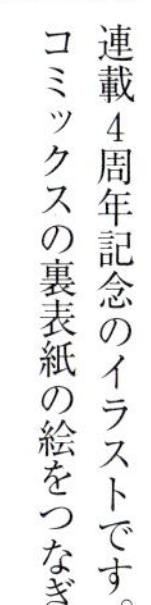

illustration No. 97

連載4周年記念のイラストです。コミックスの裏表紙の絵をつなぎ合わせて作ったので、同じキャラが混ざっています。とにかく「いっぱいいる！」というコンセプトでインパクトを狙いました。よく見ると古い手塗りの原稿が混ざっているんですが、探してみてください(笑)。

illustration No. 98

この絵は鉛筆で描いています。ロケ地は千葉県のものすごい奥地です。最初にイメージとしてまっすぐな線路を描きたいと思って、特に目標も定めず、無謀にもカーナビで「おりゃっ！この辺!!」という感じで撮影に出掛け、何とか日が落ちる前にイメージ通りの場所にたどり着けたからいいようなものの…。夕暮れで危なく写真が撮れないところでした。ストーリーとしては東北地方くらいのイメージかな？ なんで線路のこんなところを撮っているのだろうと、さぞ周辺の人に怪しまれたことと思います(笑)。

illustration No. 99

初めてPainterを使った作品です。うまくいってよかったーと思いました。どうやったらパソコンの色が絵になじむかってことがようやくわかってきました。

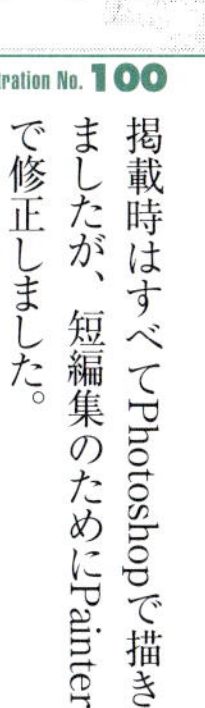

illustration No. 100

掲載時はすべてPhotoshopで描きましたが、短編集のためにPainterで修正しました。

illustration No. 101

横浜国際女子駅伝のPR用イラストです。外部からの注文はこれが初です。依頼の時にいろんな案を出してくださったので、その注文を全部入れた構成にしました(笑)。イメージはふくらんだのですが、結局自分の首を絞めることに…(笑)。

102〜104

元はモノクロでしたが、初期短編集のために描き直しました。着彩はPainterです。

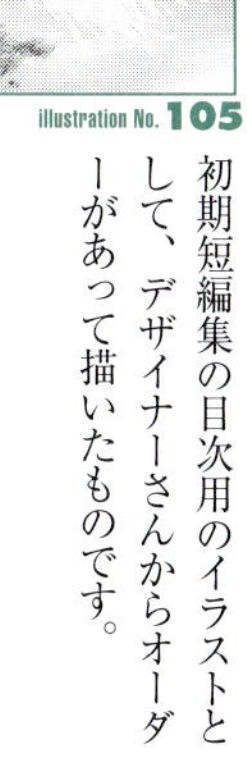

illustration No. 105

初期短編集の目次用のイラストとして、デザイナーさんからオーダーがあって描いたものです。

illustration No. 106

『見合いでごはん』扉絵です。ここでは「カール」じゃなくて「のり塩チップス」を描きました。彼女のイメージだと「のり塩」でしょう(笑)。ちなみにここに「サッポロビール」が出てないのは、たまたまうちの冷蔵庫に入ってなかったからです(笑)。

illustration No. 107

初めてPhotoshopで描いたイラストです。ちなみにバージョンは2.5。ロゴも自分で入れました。昔はMacのフォントにバリエーションが乏しかったせいもあって、今見ると赤面ですね。昔は昔なりに頑張ってた、ということで(笑)。

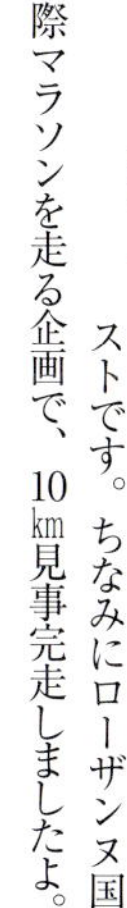

illustration No. 108

そんなに売れてなかった頃、母校、山梨学院大学の監督に「ランナーズ」という陸上専門誌の仕事を紹介していただいて描いたイラストです。地域駅伝イベントのPRとして描きました。

No. 109

「スピリッツ」の『高橋しんMeets玖保キリコinスイス』という企画の、報告ページ用に描いたイラストです。ちなみにローザンヌ国際マラソンを走る企画で、10km見事完走しましたよ。

110〜111

この辺も古い作品です。110は106の『抱きしめたい』本編です。

112〜113

「少年サンデー」の『有森裕子物語』です。112が扉です。

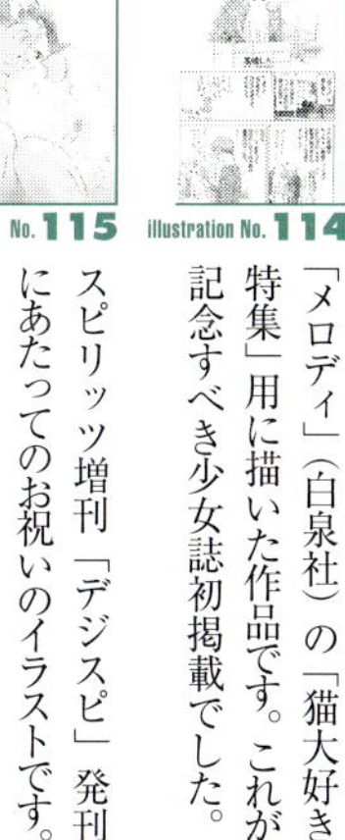

illustration No. 114

「メロディ」(白泉社)の「猫大好き特集」用に描いた作品です。これが記念すべき少女誌初掲載でした。

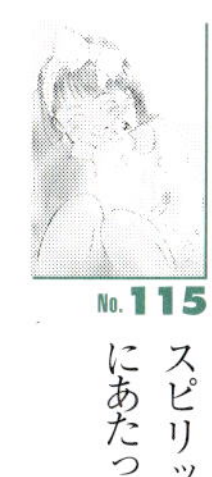

No. 115

スピリッツ増刊「デジスピ」発刊にあたってのお祝いのイラストです。

illustration No. 116

連載時、モノクロ扉として描いたイラストですが、その後着彩して、事務所の忘年会の案内状に使いました。

illustration No. 117

「GX」掲載。読み切り作品の扉です。入稿直前にこれで行こう！ってことになって、デザイナーさんにご迷惑をかけました。

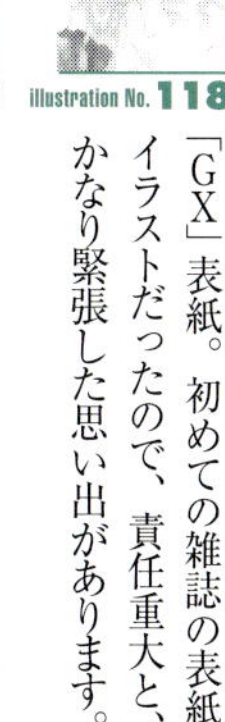

illustration No. 118

「GX」表紙。初めての雑誌の表紙イラストだったので、責任重大と、かなり緊張した思い出があります。

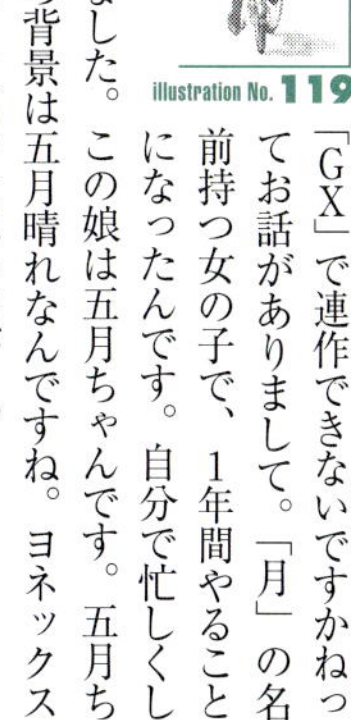

illustration No. 119

「GX」で連作できないですかねってお話がありまして。「月」の名前持つ女の子で、1年間やることになったんです。自分で忙しくしてしまいました。この娘は五月ちゃんです。五月ちゃんだから背景は五月晴れなんですね。ヨネックスの資料が無くて困った思い出が…。

illustration No. 120

「GX」の水無月ちゃん。梅雨の時期だけど「水無月」って名前なので雨が止んじゃった…という絵。

illustration No. 121

HPには基本的に描き下ろしって無いんですけど、この時はアクセス数が50万ヒットの時で、じゃあ描き下ろしましょうってことになりました。『最終兵器彼女』と『いいひと。』のカップリング企画で、性質の似てる人同士でペアにしたんですが、二階堂さんに似てる人がいないのでひとりぼっちです。『最終兵器彼女』と『いいひと。』のキャラが、もし一緒にいたらこんなに楽しいですよってところが描きたかったんです。HP上では解像度が上げられないので、『LOVE SONG 2002』では高解像度データで初お目見えです。いかがでしょうか。

No. 122

9の線画に制服を着せたものです。

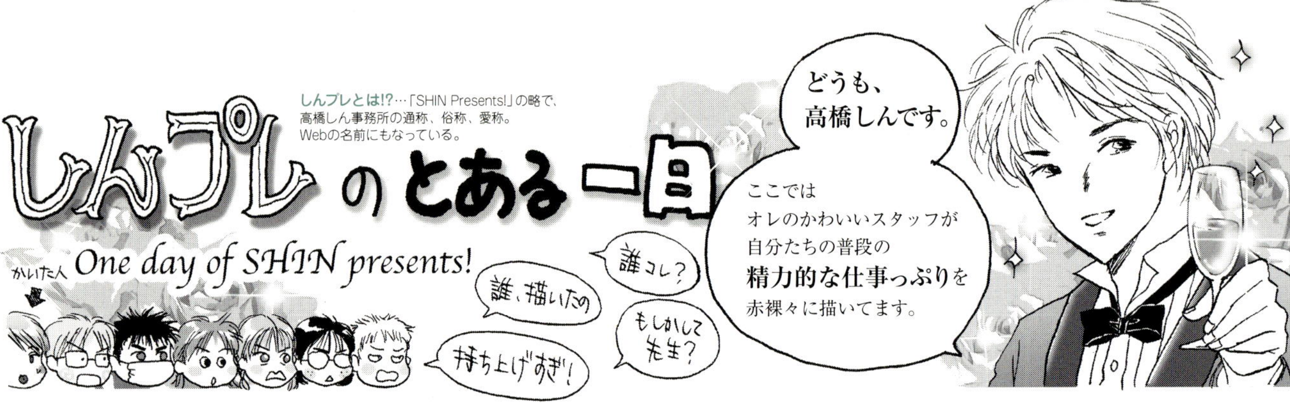

しんプレとは!?…「SHIN Presents!」の略で、高橋しん事務所の通称、俗称、愛称。Webの名前にもなっている。

※1 朝はまずMacの杉本チーフが来る　※2 机の下は坂本チーフの寝床の定位置　※3 坂本チーフは2002年春に結婚

※4 ついこの前あった話　※5 西尾は事務所のお母さん的存在　※6 奥田の夫、某ビール会社勤務　※7 杉本チーフは早弁がとくい

AKIRAのフィギュア

※8 坂本チーフ32歳 ゆみこ22歳　※9 たまにあるんです…

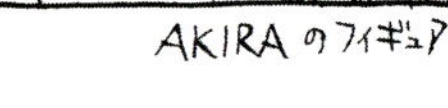

登場人物

高橋しん（たかはし）
しんプレ総長
漫画家
既婚
個性的なスタッフをまとめるのに苦労が絶えない。ビールを水のように飲むせいか、「かつての箱根駅伝のランナーとは思えない腹具合。」（奥さん談）先生、お体お大事に☆

坂本剛志（さかもとたけし）
全体総チーフ
しんプレ歴10年
新婚
細かい背景からMacのチェック、枠外のイタズラ描きまで何でもやっちゃう事務所のアニキ的存在。目下の悩みは小遣い制限により、ムダ遣いとパチスロが前みたく大胆にできなくなったこと。

奥田美生（おくだみお）
作画チーフ
しんプレ歴5年
既婚
主に人物の下描きを担当。編集さんからプリンタメーカーまで、外部との交渉を一手に担う。食いっぷりが豪快でしんプレの皆も担当さんもあきれる始末。みおたんってば…。

西尾寧智（にしおやすとも）
作画担当
しんプレ歴3年
独身
『最終兵器彼女』では戦車や銃などのメカを担当。ていうか、おしつけられた？　昨年事務所から徒歩10分の所に転居。いよいよ事務所の主（ぬし）になる覚悟か？　漢（おとこ）・西尾！

杉本聡子（すぎもとさとこ）
Macチーフ
しんプレ歴3年
独身
Macのことならなんでもござれの頼れる女。元食品会社のOLで資格をやたら持ってる。ナゼ？　現在Mac班の女どもの指導に明け暮れる毎日。ガンバレ、もっつぁん。

石塚友実子（いしづかゆみこ）
Mac担当
しんプレ歴8ヶ月
独身
子供服デザインの仕事としんプレの二足のわらじを履きつつもムダ遣いも忘れない。先日はハリー○ッターのマントを購入。何に使うのか本人もわからないらしい。大丈夫か？　ゆみこ。

油川幸子（あぶらかわゆきこ）
Mac担当
しんプレ歴半年
独身
仕事のかたわら自分の投稿用原稿も執筆するというアシスタントの王道を歩む。本人が望んでるかどうかは別にして、事務所随一のいじられキャラ。負けるな、油っち。

山口明日香（やまぐちあすか）
Mac担当
しんプレ歴1ヶ月
独身
教員免許まで持ってるのにこのまんが通りのドジをやらかすという大物の予感。どんなモノを持ってるかは未だ未知数。早く自分の本当の姿をさらけ出すのだ、山口明日香！

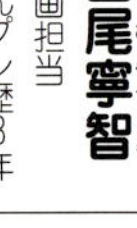

高橋きよみ（たかはし）
経理担当
しんプレ歴6年
既婚
先生の奥さま。このまんがには登場しないが裏方で大活躍。カタギと結婚したハズが漫画家の現実を知り、染まっていく自分の戸惑いを掃除で解消する元道産娘（どさんこ）。（先生談）

よくある 仕事中のひとコマ

※トーン、Macどちらの処理も可の意

ブレーカー落ち(たまに)

文字どーりみんなフリーズ…

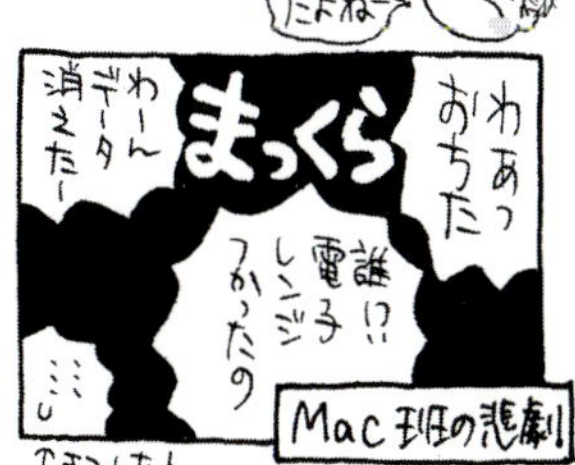

でチンした人

作画班の悲劇

スミボタ(日常茶飯事)

先生の描いた絵や細かい背景の上なんかにやった場合、泣きたくなる。

しんプレのことをもっともっと詳しく知りたい方は…

http://www.SINPRE.com で!!

あとがきにかえて——

●『LOVE SONG 2002』完成記念座談会

しん「お疲れ様でした。まあ、とりあえずいっぱい」
シュウジ「はあ…ども」
ちせ「じゃ、あたし、ジュースかなにか…」
しん「おーい、小学館のお中元でもらったあれ、あったろ。キリンハイパー100」
妻「あ、丁度良かったね。じゃ、わたしも」
しん「では改めて…」
一同「おつかれさまでしたー」

一同歓談。近況を報告しあったり。懐かし話に花が咲く。あっという間の三時間。

ちせ「あの…」
しん「え？　ああ、ジュースおかわり？」
妻「ウーロン茶もあるよ」
ちせ「あ、いえ…はい、いただきます」
ちせ「(小声で)やっぱシュウちゃん聞いてよ～」
シュウジ「(小声で)てめーさっきじゃんけんで決めたじゃねーかよ」
ちせ「シュウちゃん…あたしもう人一人くらいなら簡単に…」
妻「ちせちゃん…ハネ出てるよ？　ハネ」
シュウジ「(青ざめた顔で)あのっ、ちょっと聞いていいすかね!?　はははははは」
しん「？」
シュウジ「その…いま、夏っすよね。夏」

SE　蝉のなく音。氷売りの声。

シュウジ「…なんでコタツなんすか？」
しん「これ、今年の年賀状のイラストだから」
一同「(頭の中で激しく)使いまわしかよ！」

125. 2002年　個人用年賀状イラスト
同　事務所用年賀状イラスト（使いまわし）
同　ファンレター返事はがき用イラスト（使いまわし）
同　web用年賀イラスト（使いまわし）
同　『LOVE SONG 2002』あとがきイラスト（羽根部分描き下ろし）

企画・構成
iS Creative

構成・文
飯塚裕之（iS Creative）
原口一也（STF Project）
薄谷正和
三浦美智子（iS Creative）

Art Direction／Book Design
関善之（VOLARE inc.）

本文デザイン
関善之（VOLARE inc.）
早川徹（早川デザイン事務所）

撮影
岡本好明（FREE SECTION）
岡本明洋（FREE SECTION）

CD-ROM制作
天野光法
株式会社ザイクス

協　力
鶴崎りか（東北新社）
GONZO DIGIMATION
ムービック
小室ときえ（少年サンデーGX）
高橋しん事務所（SHIN Presents!）

編　集
堀靖樹（ビッグコミックスピリッツ）

「LOVE SONG 2002」

2002年9月20日初版第一刷発行（検印廃止）

著　者／高橋しん

発行者／片寄　聰

発行所／株式会社 **小学館**
〒101-8001　東京都千代田区一ツ橋2-3-1
電　話／編集：03-3230-5505　販売：03-3230-5749

印刷所／凸版印刷株式会社

装　幀／VOLARE inc.

JASRAC許諾

ISBN4-09-199816-X

LOVE SONG 2002
APPENDIX CD-ROM
操作方法

「このたびは高橋しん先生のイラストムック『LOVE SONG 2002』を買ってくれてありがとう。
このCDはパソコン用のCD-ROMですので、一般のCDプレイヤーでは、再生できません。
パソコンで、ちせをたくさん見てくださいね！（ちせ）」

このCD-ROMは、WindowsとMacintoshをお使いの方では、使用方法が異なります。以下の操作方法にしたがって、お楽しみください。

お手持ちのパソコンのCD-ROMドライブに、本CD-ROMをセットした後

●Windowsをお使いの方

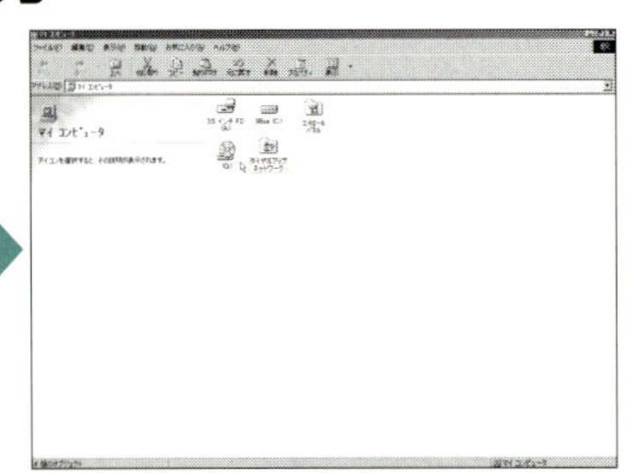

1. デスクトップ上のマイコンピュータのアイコンをダブルクリック。

2. マイコンピュータの中のCD-ROM“lovesong_2002”のアイコンをダブルクリック。

●Macintoshをお使いの方

1. デスクトップに表示されたCD-ROM“lovesong_2002”のアイコンをダブルクリック

インターネットエクスプローラー“lovesong_2002.html”のアイコンをダブルクリック。

以上の操作で、「LOVE SONG 2002 APPENDIX CD-ROM」がスタートします。オリジナルオープニングムービー再生の後、メインメニューが表示されます。お好きなボタンをクリックして、お楽しみください。

●メニュー紹介

CD-ROMのコンテンツの一部を、ホンの少しですがご紹介します。メニュー画面に登場の「ちせ」は高橋しん先生の原画です。

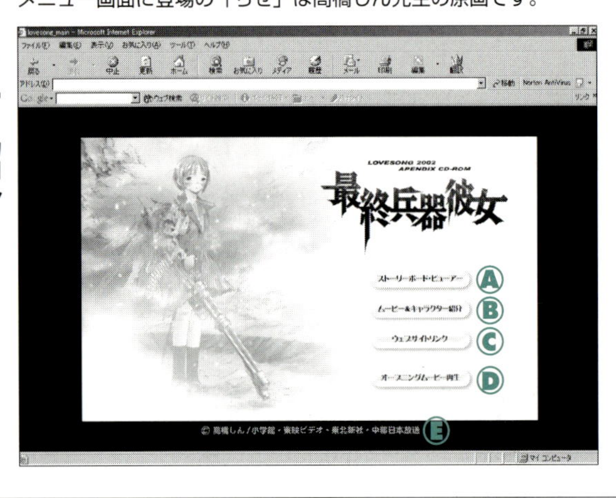

Ⓐストーリーボード・ビューアー
アニメ版「最終兵器彼女」の第１話分の絵コンテをまるごと収録！　しかもコミック第１話と連動していますので、コミックとアニメの演出の違いがご覧いただけます。さらに、高橋しん先生の直筆原作絵コンテも収録しています。名場面チャプター付き。

Ⓑムービー＆キャラクター紹介
ちせとシュウジ、そして、サブキャラたちの設定原画、色指定を収録。ちせのコーナーではちせ役の声優、折笠富美子さんによるセリフ集も！　また、オープニング曲とエンディング曲、アニメの宣伝用ムービーもご覧いただけます。

Ⓒウェブサイトリンク
「TVアニメ最終兵器彼女公式ホームページ」、高橋しん先生の公式ホームページ「SHIN Pre!」、週刊ビッグコミックスピリッツの公式ホームページ「SPINET」にボタンひとつでアクセスできます。（※各ウェブサイトを表示させるには、ご使用のパソコンがインターネットに接続されているか、インターネットに接続するための環境が整備されている必要があります。）

Ⓓオープニングムービー再生
このボタンのクリックで、このCD-ROM用に製作されたオープニングムービーがご覧いただけます。途中で止めたい時は、“SKIP”を押すと、トップメニューに戻ります。

Ⓔスタッフクレジット表示
この部分をクリックすると、制作スタッフクレジットがご覧いただけます。

ⒶとⒷには、“Macromedia Flash Player6”が必要です。

動作環境：このCD-ROMは、Windows、Macintoshともにインターネットブラウザ（InternetExplorer またはNetscape）が必要です。
推奨動作環境：Windows98、98SE・InternetExplorer 6、Netscape 4.78／Windows 2000・InternetExplorer 6、Netscape 4.78
Macintosh OS 9.2・InternetExplorer 5.1、Netscape 4.7／Macintosh OS X・InternetExplorer 5.1

注意事項
●このCD-ROMのコンテンツには、“Macromedia Flash Player6”が必要なものがあります。お使いになられているパソコンが、インターネットに接続されているか、インターネットに接続するための環境が整備されている場合、表示されたウィンドウにあるボタンをクリックすると、ダウンロードを行うことができます。ダウンロードはご使用になられる方の責任において行ってください。
●ご使用のパソコンのCPU、メモリなどの状態により、画面の動作、表示が遅くなったりする場合があります。CD-ROMを起動する前に、ほかに立ち上がっているアプリケーションやファイルなどはすべて終了せておくことをおすすめいたします。